極秘溺愛

プロローグ

人は生まれた瞬間に、神様から性格という個性を与えられるのだろうか。

それで言うなら、柏井実優《かしいみゆ》は真面目という特徴だけを授かったのかもしれない。

親にとっては手のかからない子供だったのだろう。

幼少の頃から癇癪《かんしゃく》も起こさず、親、保育士、教師の言うことをきちんと聞く。

混ざりけのない真っ黒な髪をひとつにまとめて、地味な色の服を着て、いつも俯《うつむ》き加減でクラスの端にそっと座っているような大人しい女の子。

いつもクラス委員に推薦されて、成績は常に優秀ランクをキープしていた。

そんなだから、実優が陰で『真面目ちゃん』というニックネームをつけられたのも仕方がない。

小さい頃から視力が悪くて、小学一年生から眼鏡をかけていたのも、そう呼ばれる要因のひとつになっているだろう。

面白みのない性格。個性が死んでる。地味な見た目。

――『真面目』だけが取り柄。

ずっとそう言われていたから、実優も理解している。

こんな自分に特徴があるとするなら、それは『真面目』であること以外にないのだと。

刺激の少ない平凡な日々。辛いと思うような出来事はなかったけれど、特別楽しいこともない。

真面目な性格だから、はめを外したいと望むこともない。

不満かと言えば、そういうわけでもなかった。

人として当たり障りのない、無色透明な自分は、場所が学校であっても会社であっても、すぐに馴染《なじ》むことができる。

勉強が苦痛ではないのも得と言えば得だった。

中学の頃、両親に言われて英語塾に入った。特に反抗することなく黙々とカリキュラムに従って学んでいたら、いつの間にか英語力は身についていた。そのスキルは大きなアドバンテージとなって就職活動にも役立ったので、実優は教育費を惜しまなかった両親にとても感謝している。

他人から見れば順風満帆《じゅんぷうまんぱん》。ソツのない人生に見えるだろう。

だが、刺激が一切ない人生というのは、つまらないのと同意だった。実優自身、自分の人生に潤《うるお》いがないと感じる時もある。

でも、平凡はそこまで悪いものじゃないはずだ。

人生を海に例えるなら、実優の海は常に凪《なぎ》状態かもしれない。しかし、これが柏井実優の分相応な人生というものだから、それでいい。

高望みはしない。シンデレラになりたいなんて夢も見ない。現実的で結構。真面目な自分は堅実に生きることしかできないのだ。

……そう、思っていたのに。

誰が予想しただろう。平凡な人生を歩むはずの実優が、こんな夢みたいな状況に陥《おちい》っている。

実優も予想外だった。正直、現実についていけなくて目を回している。

「待って待って待って！　お願いだから、私の話を聞いてください！」

「悪い、何か言ったか？　話ならヘリの中で聞くから、少し待ってくれ」

慌てふためく実優の手をしっかり握ってヘリコプターに乗り込むのは、さらさらした黒い髪にエメラルドの瞳をした美貌の男性。

重そうな音を立てて、ヘリコプターの扉が閉まる。

途端、実優はふわっとした浮遊感を覚えた。

「飛んでる……飛んでますよ!?」

「それはそうだ。ヘリは空を飛ぶものだからね」

「違います！　あ、いや、違わないですけど、私が言いたいのはそういうことじゃなくて……！」

どうしてだ。どうして？

実優の頭には疑問符しか思い浮かばない。

だってヘリコプターなんて、人生で一度も乗ることはないと思っていたのだ。それなのに今、自分は高い空の上から、美しい東京の夜景を見下ろしている。

「この国は美しいな」

「あ、ありがとう。って、私がお礼を言うようなことじゃないですけど」

「君が隣にいなければ、この美しい夜景も色あせていた。そういう意味では、私は君に感謝したい気分だね」

ニコッと笑って、透《す》き通るようなエメラルドの瞳で見つめられる。

（その目で、私を見ないで）

実優は慌てて目をそらした。その翠玉《すいぎょく》の瞳には、不思議な力でもあるのではないかと思うほど、心まで吸い寄せられてしまいそうになる。

「実優、夜景もいいけど、私も見てほしい」

そっと肩を抱き寄せられて、どきりと心臓が高鳴った。

「だめ、ラトは素敵すぎるから、直視できないです」

「そう言うな。普段の実優はビジネススーツが似合っていて、凛とした姿が恰好良いけれど、今の着飾った実優は最高に綺麗《きれい》だから、もっと見たいんだ」

かあっと顔が熱くなる。

確かに今の自分は、驚くほどに着飾っている。正直似合っているとは思えない。

小さい頃から、黒とか茶色とかベージュとか、無難《ぶなん》な色の服ばかり選んできたのに、今は薄紅色《うすべにいろ》のマーメイドドレスを身につけている。

もう自分が信じられない。お化粧だって、髪型だって、きっちりめかし込んで自分が自分じゃないみたいだ。眼鏡も取られて、生まれて初めてコンタクトレンズをつけた。

「実優」

耳元で囁《ささや》かれて、びくりと肩が震える。

「今の君は世界一綺麗《きれい》だ。私だけの宝箱に閉じ込めたいくらいだよ」

膝に置いていた手を優しく握り、実優の首につけられたネックレスを親指で撫《な》でる。

「この宝石も、君を飾るからこそ、いっそう美しく輝いているね」

繊細にカットされたダイヤモンドで縁《ふち》取《ど》りされた、大粒のエメラルドのネックレス。

実優はくらくらとめまいを覚えた。息遣いは荒く、過呼吸になってしまったよう。

(似合うわけないよ。こんな大粒の宝石なんて……！　どうして私、こんなことになっているの⁉)

いっそ、夢だったらよかったのに。

だが、これは間違いなく現実だ。実優はラトという見目麗《みめうるわ》しい外国人の男性と一緒にヘリに乗って、シャンパングラス片手に夜景を眺めて、自分の姿はお姫様みたいで、首には恐ろしいほど価値がありそうなネックレスをつけられて――

「ああ、神様。これはどういうことなの？」

思わず、そんなことを呟く。

真面目だけが取り柄の自分は、つまらなくて平凡な日々を、死ぬまで歩んでいくと思っていた。

それなのになぜ、テレビドラマや映画のような状況に陥《おちい》っているのだろう。

夢なら今すぐに醒《さ》めて、お願いします。

実優は目がくらむほどの美しい夜景を眺めながら、ぼんやりと彼に出会った頃のことを思い出していた。

第一章　ロマンスの始まりは、ひとひらのスカーフ

哀愁《あいしゅう》を誘う夕焼け色に染まった空に、綿花《めんか》のような雲がひとつふたつ。

桜の枝は風に乗って柔《やわ》らかに揺れ、それと共に薄紅色《うすべにいろ》の花びらが舞った。

出会いと別れの季節――春。

十六時半、柏井実優は営業部の女性社員たちと共に、都心にある五つ星の老舗《しにせ》ホテルを見上げていた。

「やっぱりＶＩＰを接客するなら、これくらいのホテルを使わないといけないのね～」

営業事務の女の子が感心したように言う。

「それにしても、営業部の女性社員ばかり集めて、こんな風に着飾らせて。部長ったら何を考えてるのかしら」

女性社員はみんな華やかなワンピースやドレスを着ていた。

そう、これから始まるのは、松喜《まつき》エンジニア株式会社、グローバルエネルギー開発事業部、東京営業支社が総出で行《おこな》う『接待』である。

女性社員に着飾ってもらったのは営業部長からのオーダーだ。唯一ビジネススーツ姿である実優

は、部長に説明された接待プランのメモを読み上げた。

「ラムジ・サロ・セルデア様。セルデア王室第一王位継承者です。今回、王子はお忍びで日本に視察に来られました。目的はセルデアのインフラ工事発注のためです」

実優は説明をしながら、頭の中でかの国についての概要を思い出す。

セルデア王国。

東ヨーロッパにある国の名である。東は海に面しているが、他の方角はすべて山脈に囲まれた小さな国で、総人口は一千万人ほど。険しい山と海に囲まれているからか、『自然の要塞《ようさい》国』と称されることもあるのだが、決して閉鎖的ではなく、むしろ様々な国と積極的に交流を続けている友好的な国だ。

セルデアの主な産物は山脈から発掘される高品質な鉱石。

豊かな資源を持つセルデアは、世界有数の富裕国である。

だが、インフラにおいては途上国と言えなくもない。道路、鉄道、上下水道——生活の基盤となる技術発展が経済力に追いついていないのが現状だった。

ゆえに、セルデア王子は国外の企業にインフラ工事を発注しようと、異国からはるばるやってきたのである。

松喜エンジニアは、海外のインフラ整備を手がけた実績がある。それはアドバンテージのひとつではあるが、ことはそう簡単な話ではない。プラントやインフラ整備を得意としている会社は国内だけでも数多くあるし、それだけではなく、セルデア王子は世界中の企業を吟味《ぎんみ》している途中なのだ。

上質な宝石に、金《きん》も産出しているセルデアの資産力は、小国でありながら他国にひけをとらない。

だからこそ、かの国と繋がりを持ちたい企業は世界中に星の数ほどあるわけで、今回のセルデア王族のお忍び来日は、受注に繋がるまたとないチャンスだった。

「それにしても、まさかウチの支社が接待するなんてねぇ」

「本社にも営業部はあるのに、どうして支社がすることになったのかしら」

女性社員たちは不思議そうに首を傾げている。それは実優も同意見だ。

こんな一大事、普通なら本社が請け負うべきである。それなのに、なぜか本社は東京営業支社にセルデア王子であるラムジの接待を任せた。

支社長と営業部長は必死に接待プランを練り上げたようで、先日、営業部で働く実優は、女性社員の引率を言い渡されたのである。

「うーん、失敗した時に責任逃れができるようにするつもりなのかな」

「ええ～責任重大じゃない！　これから私たち、王子様に会うんでしょう？　こんなドレスまで着ちゃったけど、うまくいく気がしないよ～」

「でも、本物の王子様に会えるなんて二度とない経験だよね。どんな人なんだろう～！」

キャッキャと騒ぎ出す。女の子は、大人になっても『王子様』というフレーズに憧《あこが》れを抱かずにはいられないのだ。

しかし、実優は渋面《じゅうめん》を浮かべて話を続けた。

「実は、その……。ラムジ王子は、大変、女性好きでいらっしゃいまして……」

ぼそぼそ説明すると、全員の表情が一気に強ばった。

「あ、でも、接待自体は支社長と営業部長が行《おこな》うと言っていましたよ。ただ、王子の態度を少しでも軟化《なんか》させたいため、着飾った女性社員に同席してほしいのだそうです。もちろん私も座ることになります」

実優の説明に、みんなは嫌そうな表情をしてそれぞれ顔を見合わせる。

「ええ〜、なんか、いやらしくない？」

「女好きの王子様とかすごい引くんだけど〜！」

先ほどまでの笑顔はどこへやら、女性社員のラムジに対する印象は地に落ちてしまったようだ。

「すみません。我慢を強いることになりますが、会社の命運のためにお願いします」

どうして自分が頭を下げないといけないんだ。こんな接待プランを考えた部長に文句を言ってやりたい。実優は心の中で密かに愚痴《ぐち》を吐いた。

「まあ、毎日営業頑張ってる柏井さんに言われちゃ仕方ないか。とりあえず、ニコニコしてればいいんだよね？」

「はい！」

「これも仕事だよね～ヤレヤレ。んじゃ行きますか～！」

切り替えの早い人たちで良かったと心からホッとして、実優たちは支社長と営業部長がセッティングしている高級レストランに赴《おもむ》いた。


二時間後——

すっかり日は暮れて、夜空に星が瞬《またた》く頃。

実優はぐったりした足取りで駅に向かう道を歩いていた。

（つ、疲れた。部長たちの考えた接待プランはどんなものかと思っていたけど、あんなにも酷い内容だったなんて……！）

思わずため息をついてしまう。

何というか、口で説明するのが嫌になるほど、最悪な時間だったのだ。

「はあ……」

ため息をつき、空を仰《あお》ぐ。春の夜空は澄んでいて、桜並木の切れ間から美しい月が見えていた。

「これは転職もやむなしかも……」

給与は悪くない額で、福利厚生も手厚く、それなりの中堅会社。実優にとって松喜エンジニアは居心地のよい会社であったが、『あんな接待』を女性社員に強いる上司がいる以上、身を切る覚悟で転職を視野に入れておくべきかもしれない。

（せっかく月が綺麗《きれい》なのに、今夜は台無しだね）

もっと心穏やかな気持ちで月を見たかったが、仕方ない。今日は厄日《やくび》だったということなのだろう。

こういう日はさっさと帰って寝てしまうに限る。

実優は早歩きで、桜並木の歩道を進んだ。

——その時。

急に風が吹いて、ふわりと、上品な香水の匂いがした。

「え？」

振り向くと、サアッと桜の花びらが散る中を、柔《やわ》らかそうなスカーフがヒラヒラと舞っている。

実優は思わず手を伸ばしてスカーフを掴《つか》んだ。すると風はやんで、シンとした夜の静寂《せいじゃく》が戻る。

「スカーフ？」

いったいどこから飛んできたのだろう。実優があたりをきょろきょろ見回していると、コツ、と靴音がした。

「すまない。首に巻いていたスカーフが、風に飛ばされてしまったようだ」

耳に心地良い低声。街灯の陰から、ひとりの男性が現れた。

実優は思わず、目を丸くして立ち尽くしてしまう。

（なんて——綺麗《きれい》な、人）

ふたたび春の風が吹いて、実優が掴《つか》んだスカーフが揺れた。

さらさらした短い黒髪は艶めいて、まるで上質なシルクのよう。

黒いタートルネックに白いジャケットを羽織った姿はとても似合っていて、すらりとスマートな高身長は遠目でも目立っていた。

何よりも特徴的なのは、瞳だ。

エメラルドの色をした目は、碧《あお》と翠《みどり》が絶妙なバランスで重なった不思議な色合いで、美しく、目が離せない。

オリエンタルな雰囲気を醸《かも》し出す相貌《そうぼう》は恐ろしいほど整っていて、精緻《せいち》な人形のように、すべての造形が完璧だった。

こんな人が世の中にいるのかと驚くほど、麗《うるわ》しい男性だ。

「拾ってくれてありがとう」

ニコリと微笑みかけられて、実優の心がドキンと跳ね上がる。

「い、いえ、たまたま掴《つか》めてよかったです」

なぜこんなにも動揺しているのだ。実優は胸に手を当てながら、当たり障りのないことを口にする。

実優は手に持っていたスカーフを男性に渡した。彼はニッコリ微笑むと、実優と視線を合わせるように少しかがんでみせた。

「なんだか、疲れてる？」

「えっ」

距離が——近い。

実優は足を下げて身を引いた。彼はくすくす笑って、体を起こす。

「実はね、君が向こうのホテルにいたのを見ていたんだよ」

「そ、そうなんですか？」

「うん。私もあのホテルのレストランで食事を取っていたからね」

レストランの中では自分のことで手一杯で、周りに目を向ける余裕などなかった。

（——もし、接待した『王子様』がこの人だったなら、こんなに心が沈んではいなかったかも。それ以前に、この人はあんなセクハラはしなさそうだけどね）

そんな独り言を心の中で呟いて、実優は思わず自分に呆《あき》れてしまった。

今初めて出会ったばかりだというのに、どうしてそんなことを考えてしまったのだろう。この人の顔が良いからだろうか。そうだとするなら、自分は意外とメンクイなのかもしれない。

そう考えるとなんだか可笑《おか》しくなってしまった。

「あ、笑った」

艶やかで、耳通りのよい声が聞こえた。

顔を上げると、桜並木を背景に、男性が嬉しそうに微笑んでいる。

「レストランでは、やけに辛そうな様子を見せていたけれど、何かあったのかな？」

男の問いかけに、実優は困った笑みを浮かべた。

ラムジはどこから見ても目立っていただろう。そんな彼の隣に座って愛想笑いを浮かべる実優はさぞかし滑稽《こっけい》に見えたはずだ。

はあ、と疲れたようなため息をつく。

「単なる接待ですよ」

それも、最悪なレベルの接待だった。

実優たちは、ホテルのレストランに赴《おもむ》き、支店長や営業部長と合流した。そして約束の時間を少し過ぎた頃に件《くだん》の王子が現れたのだが——

ラムジ・サロ・セルデア王子の印象を一言で述べるなら、『贅沢《ぜいたく》が服を着ている』だった。

すべての指に宝石のついた指輪を嵌《は》め、太い手首には純金の腕時計。でっぷりと腹の出た肥満体。シンプルでゆったりしたセルデアの民族衣装を着ていたが、腰に巻かれたベルトは趣味の悪いヘビ革だった。

年齢は三十一歳らしいが、そうは見えない。食生活が偏っているからなのか、顔は酔ったように赤く、頬はたるんでいた。五十代と言われても納得してしまうほどの老け顔だった。

彫りの深い顔。青い瞳が、ねっとりと実優たちを見る。

これが現実の『王子様』なのか。下品な成金を具現化したような姿に、実優を含めた女性社員全員が辟易《へきえき》してしまった。

『なかなか粒ぞろいじゃないか。派手な装い、化粧が濃いのは好みじゃない。あそこにいる地味な娘がいい。この国では、ああいうのを探していたんだ』

ラムジが侍従に英語で話しかける。

英語教育に力を入れてくれた両親のおかげで、実優は彼らの会話がしっかり聞き取れた。

しかし、女を値踏みするような言葉に顔をしかめてしまう。彼はインフラ工事発注のための視察に来ているはずなのに、いったい何をしに日本に来たのかと問《と》い質《ただ》したくなった。

かの王子を思い出した実優は、げんなりと肩を落とす。

「接待相手はやんごとない立場の方で、しかも日本人ではありません。いろいろと価値観が違うのはわかるのですが、彼はなぜか私を気に入ったご様子で……」

どうして初対面の男性にこんな話をしているのだろう。

わからないけれど、もしかしたら誰かに愚痴《ぐち》を聞いてほしかったのかもしれない。

そう、ラムジはどうしたことか、あの場において一番地味な見た目だっただろう実優に目をつけたのだ。

本来の実優は裏方役だった。装いもビジネススーツであったし、綺麗《きれい》に着飾った女性社員たちのフォローに徹するつもりだった。

しかし、ラムジの侍従は、実優に命令したのだ。『殿下の隣に座れ』と。

そう言われてしまえば、ホスト役としては仕方ない。実優はおとなしくラムジの隣に座った。そして地獄の二時間が始まったのだ。

「かの方はお酒を楽しそうに飲みながら、終始、私の太ももを撫《な》でていたんです。あの手の感触を思い出すと、もう……心の底から落ち込んでしまいます」

がっくりと実優は肩を落とした。

ラムジの太い手がするすると実優の太ももを撫《な》でて――その感触を思い出した実優はゾワゾワと怖気《おぞけ》立った。

接待は支店長と営業部長がすると言っていたはずなのに、彼らは決してラムジには近づかず、ただ手もみする勢いでニコニコしているだけだった。

何が接待プランだ。おそらく最初からこうするつもりだったのだ。贅沢《ぜいたく》を知り尽くしているラムジに生半可《なまはんか》な接待は通じないと考えたのだろう。だから、女好きである彼の機嫌を取るために女性を侍《はべ》らせたのだ。

知恵も策略もない、性接待にも等しい。社会人としてありえない。

『顔は地味で、目も髪も真っ黒で、特徴らしい特徴がない。だが、日本人女性はこうでなくてはな。ククク、今後が楽しみだ』

ラムジはそんなことを言いながら、いやらしい手つきで実優の太ももを撫《な》で続けた。

あんな屈辱《くつじょく》は生まれて初めてで、実優はぷるぷると拳を震わせる。

「それは辛かったね。私からは君の顔は見えたけれど、テーブルの下までは確認できなかった。可哀想にね」

名も知らない男性が優しい言葉をかけてくれる。

もしかして、これは新手のナンパなのだろうか。実優は一瞬そう思ったものの、すぐにその考えを打ち消した。

(私に限って、そんなことあるわけがないか)

きっとあの時、自分は、あまりに悲愴《ひそう》な表情をしていたのだろう。レストランでその様子を見ていた男性は、見かねて話しかけてくれているのだ。

『――本当に、あの汚い手を切り落としてしまいたいね』

「えっ?」

思わず実優は目を見開く。彼は今、小声で、しかも英語で、やけに不穏なことを呟かなかったか。

すると男性はニッコリと人受けのよさそうな笑みを浮かべる。

「なんでもないよ。今日は君にとって災難な日だったんだね」

「そ、そうですね。はい」

早口で、しかもネイティブ英語だったので、ニュアンスを聞き間違えたのかもしれない。

「こういう時は、夜のデートで口直しはいかがかなと誘いたいけれど、さすがに今は遠慮したほうがいいだろうねえ。君は、私のことを知らないわけだし」

腕を組み、そんな冗談とも本気ともわからないことを口にする。

実優は訝《いぶか》しみながら男性を見上げた。

なんだろう……。彼とは初対面であるはずだ。しかし、彼は以前から実優を知っているような感じがするのは気のせいだろうか。

実優の不安を読み取ったのか、彼は安心させるように優しく微笑んだ。

サァ、と柔《やわ》らかな風が吹く。

月の光に照らされた桜はほのかな光を放っているように明るくて、不思議と男性の姿は鮮明に見えた。

「では、君にひとつ、魔法をかけてあげよう。――私たちはふたたび相まみえるという魔法だ」

彼はそう言って、手に持っていたスカーフを実優の首にゆるく巻きつける。

「ど、どういうことですか?」

「すぐにわかるよ。それまで、このスカーフは君に預けておこう」

そう言うと、男性は軽く実優の頬を撫《な》でた。そして、ニコリと笑ったあと、きびすを返して去って行く。

少し強めの風が吹いた。春らしい暖かさのこもった風。桜の花びらが花吹雪《はなふぶき》のように散る中、男性のうしろ姿は夜の闇に消えていく。

ひらひら、ひらひら。男性が巻いてくれたスカーフが穏やかに揺れて。

実優は不思議に思い首を傾げた。

「変な人……」

なんだったのだろう。まるで幻でも見ていたのかと思うほど、男性は唐突に現れて、あっという間に去ってしまった。

「まあ、いいか。相まみえるとかどうとか言ってたけど、もしかしたら単なる酔っぱらいの絡みだったかもしれないし」

そう口にしたら、幻想的な出会いが途端に現実味を帯《お》びてきた。やけに綺麗《きれい》な男性だったので面食らってしまったが、酔っぱらいだったのなら納得できる。

とにかく、自分は想定外のセクハラにすっかり参っているのだ。早くアパートに帰って化粧を落として、何もかもを忘れて眠ってしまいたい。

実優は足早に自宅へと帰って、だるい体に気合いを入れて化粧を落とし、シャワーを浴びた。そして早々とパジャマを着込んで、ベッドに飛び込む。

すう、と息を吸い込むと、上品な香水の匂いがした。

あの不思議な男性が身につけていたからだろう。テーブルに置いたままのスカーフからは常にあの匂いが漂っていて、それは不思議と、実優を甘い眠りに誘う。

その素敵な香りに導《みちび》かれるまま、実優は静かに目を閉じた。

第二章　幻の正体は、ラト

ちゅんちゅん。ジリリリリ。

可愛らしいスズメの鳴き声と、けたたましい目覚まし時計の音で目が醒めた実優は、憂鬱《ゆううつ》な気分になりながら起き上がった。

「あー、今日は会社行きたくないなあ」

そんな弱音が口から零れるけれど、真面目な実優がずる休みなどできるはずがない。

思い出すのは、散々だった昨日のこと。

正直、一晩寝ても嫌悪感が取れなかった。セクハラはもちろんだが、それを平気で黙認した営業部長の態度も許せなかった。今まではそんな態度はまったく見せなかったが、本当の彼は、受注のためなら女性社員が傷ついてもよいという価値観を持っていたのかもしれない。

実優はため息をつく。

「居心地のいい職場だったんだけど、これは潮時かもしれないなあ」

会社に内緒で転職活動するのは、不義理だろうか。

しかし、真っ向から会社を辞めたいと口にする勇気はさすがに出ない。

「とりあえず会社に行って……様子を見ながら、今後のことを決めよう」

実優はベッドのサイドボードに置いていた眼鏡をかけて手早く準備を始め、アパートをあとにした。

今日もすし詰め状態の通勤電車に揺られながら、ぼんやり車内広告を眺める。

一度転職を意識すると、どうしても『転職サイト』とか『企業説明会』の広告に視線が向いてしまう。これはいよいよ決断するべきなのかもしれない。

（でも、接待でセクハラを受けたという理由だけで、辞めていいものなのかなあ）

今まで一度も退職なんて考えたことがなかったから、ことさら悩んでしまった。

世の中にはもっとひどいブラック企業でも頑張って働いている人がいるのだから、これくらい我慢をしなくてはいけないのかもしれない。

だが、昨日のような接待をふたたびやれと命令されたら――自分はその時、頷けるだろうか。

実優が苦悶《くもん》の表情を浮かべていると、電車が会社の最寄り駅に到着した。息苦しかった満員電車からようやく解放されて、ホッと息をつく。

職場は駅の改札を出て、十分ほど歩いたビジネス街の一角にある。松喜エンジニア株式会社の本社敷地内にあるビルで、今日も多くの社員が出社している。

実優も社員証をICカードリーダーに当てて、ビルの中に入った。

いつも通り、代わり映えのしない社内の景色。

そこにひとつだけ、異彩を放つ存在がいた。

「え？」

実優は思わず足を止めてしまう。うしろから来た社員たちは、足早に実優を追い越していく。

目の前に、幻がいた。

いや、実際にはそうではない。まるで幻のように思った男性が、目の前に立っていたのだ。

まるで時が止まったみたいに、出社時間の喧騒《けんそう》が聞こえなくなる。

昨夜に、不思議な出会いがあった。ひとひらのスカーフと、宵闇に浮かび上がる桜吹雪。実優にスカーフを巻いて、夢か幻のように去って行った見目麗《みめうるわ》しい男性。

昨日と同じ、さらさらの黒い髪にエメラルドの瞳を持つ男性は、ニッコリと微笑んで実優に近づいた。

「おや、こんなにも早く、魔法にかかったね」

「あ、あ、あなたは」

実優は驚愕のあまり口をぽかんと開けると、眼鏡が下にずれた。

「私の魔法は意外と本物だっただろう？　改めて、はじめまして。自己紹介をしてもいいかな」

「じ、自己紹介……？」

突然の再会に頭がついていかず、実優は驚いた表情のまま彼の言葉を繰り返す。

男性は自らの胸に手を当てると、きらきら輝くような極上の笑みを浮かべた。

彫りの深いエキゾチックな美しい顔は、まるで誰もが夢見る『王子様』みたい。

「私の名前はラト。実は、セルデアから来たんだ」

実優は目を丸くする。ラムジとは別で、セルデアから来日した人がいるなんて初耳だったからだ。

彼は聞き惚れそうなほどの流暢《りゅうちょう》な日本語で、実優に話しかける。

「どうか、あなたの名前を教えてくれないかな」

「私、ですか？　私は……柏井実優、といいます」

言われるままに名前を口にしてしまう。

するとラトは嬉しそうに微笑み、実優の手をそっと持ち上げた。

「よろしく。君に巻いた私のスカーフは、とてもよく似合っていたよ」

そう言って、彼は実優の手の甲に軽く口づけた。

「ぎえぇっ!?」

男性に口づけをされるなんて、もちろん生まれて初めてである。実優は女性にあるまじき悲鳴を上げながら、ズサッと飛び退《の》いてしまった。

ラトはそんな実優の反応を見て、クスクスと楽しそうに笑う。

「昨日かけた魔法の種明かしをしてあげるから、一緒にお昼をいかがかな？」

「お、お昼、ですか？」

「近くに良さそうな店を見つけたんだ。昨晩、どうして私が突然君の前に現れたと思う？　気になるなら、その答えを教えてあげるよ」

そう言って、ラトは実優に一枚のカードを渡した。会社の近くにあるレストランの名刺だ。

「待っているから、必ず来てね」

ラトはエメラルド色の瞳で実優を見つめ、ニコリと笑顔になると、きびすを返して去って行く。

次は、夜の闇に消えはしない。実優はぼうっとしたまま、ちょうど来たエレベーターに乗り込むと、ドアが閉まった。

呆然と立ち尽くし、エレベーターのドアと名刺を交互に見る。

「いったい、なんなの？」

まるで意味がわからない。だが、それこそ気になるなら彼の誘いに乗るしかないのだろう。たしかに昨日の出会いは不可解すぎて答えを聞いてみたい気がする。

実優はもう一度、レストランの名刺を見た。トルコ料理の店らしい。

「気にならないと言えば嘘になるし、答えを教えてくれるって言うのなら、聞くだけ聞いてみてもいいのかな」

悩みながらもそう呟いて、実優は名刺をポケットに入れると、エレベーターを降りた。

◆　◆　◆

正午から三十分ほど過ぎた頃、外回りから帰ってきた実優はガレージに社有車を停めた。

「やばっ、時間、大丈夫かな」

腕時計を確認しつつ、ビジネスバッグを肩にかけてレストランに向かって走る。

実優はふと、今朝の朝礼の一幕を思い出した。

昨日、あんなに最悪な『接待プラン』でラムジを迎えた営業部長。彼に対する女性社員の視線は大変冷ややかだった。

めかし込めと言われて、その通りにしたら、ラムジの周りに侍らせられてひたすら愛想笑いを強要された。ホスト役であるはずの営業部長と支店長はその様子を見ているだけで助け船も出さない。実優が受け続けていたセクハラ行為も止めなかった。

態度が冷たくなっても仕方のないことだ。

しかし部長は部長で、完全に開き直っていた。

『会社人ならセクハラのひとつやふたつ、甘んじて受けるのが当たり前だ。女はそれくらいしか武器がないんだからな！』

朝礼のこの一言で、彼の信頼は失墜《しっつい》したと言っていいだろう。

（確かに大きな商談に違いないのかもしれない。けれども、そんなに必死になってまで欲しい案件なのかしら）

はあ、と実優はため息をつく。

やはり、あの部長の下で働き続けるのは難しいかもしれない。

考えごとをしているうち、件《くだん》のレストランに到着する。

実優は深呼吸をしてから、レストランの扉を開けた。すると、店のスタッフがやってきて、店内に案内してくれる。どうやら実優が来店することは、あらかじめ知らせてあったようだ。

「やあ、実優。お仕事お疲れ様」

「あ……ど、どうも。遅くなりまして、すみません」

店の奥にはソファ席があって、今朝会ったばかりのラトと、見知らぬ男性がひとり、座っていた。

（誰だろう？）

朝はいなかったはずだ。髪は見事な金髪で、オールバックにしている。褐色の肌で、瞳の色は黒い。鋭い眼光に迫力がある、精悍《せいかん》な相貌《そうぼう》をしていた。肩幅がやけに広くて、ラトの頭ひとつぶん背が高い。二メートルはありそうな大男だ。

ラトは笑顔で立ち上がると、実優の手を取ってソファに座るよう促《うなが》した。

「このくらい、待つうちに入らない。むしろ、待っている間はわくわくしていたよ。来なかったら泣いていただろうけど、来てくれたから構わない」

「な、何を言っているんですか。ラトさん……と言いましたよね？」

「ラト、と呼び捨てでどうぞ。私の周りはみんなそう呼ぶんだ」

「でも、初対面みたいなものですから、気が咎《とが》めます」

いきなり呼び捨てするなんて考えられない。するとラトは、実優の隣に座ったかと思うと、突然、膝に置いていた手を優しく握りしめてきた。

「ひえっ！」

「お願いだ。私はもっと実優と仲良くなりたいのだからね。『ラトさん』なんて他人行儀で呼ばれたら、悲しみのあまり昼食が涙の味に変わってしまう」

実優は目を丸くした。そして、思わずぷっと噴き出してしまう。

あまりに気障《きざ》な台詞《せりふ》に笑ってしまったのだ。外国の男性はこのくらい挨拶《あいさつ》みたいなものなのかもしれないが、聞き慣れていない実優は心の中がくすぐったくなってしまった。

「ああ、笑顔がとても可愛い。君は笑っているほうがずっと似合うよ。普段のキリッとした仕事の顔も素敵だけれど、実優の笑顔は見る者すべてを魅了してしまうだろうね」

「もう、おだてるのはやめてください。わかりました。ラトと呼びますから」

ひとしきり笑ったあと、実優はコホンと咳払いをした。なぜこうも滑らかに歯の浮くような台詞《せりふ》が口に出せるのだろうか。外国人はみんなこうなのだろうか？

「ところで、昨晩の種明かしをして頂けるということでこちらにお邪魔しましたが、教えて頂けるんですよね？」

「もちろんだよ。でも、まずは食事といこう。せっかくのレストランなのだからね。そうだ、料理が来る前に紹介しておくよ。あのデカブツの存在が気になっているだろう？」

ラトがチラと大男に視線を向ける。その男は実優やラトからは少し離れたソファに黙って座っていた。

「彼の名はハシム。私と同じ、セルデア人だ。私はセルデアのインフラ整備関係の会社の下っ端社員で、ハシムは私の部下だから、下っ端の下っ端になるね」

そう言いながら、ラトは革製の名刺入れから名刺を取り出し一枚渡してきた。実優は両手で受け取り、まじまじとそれを眺める。

「日本のビジネスは名刺交換から始まると聞いたからね、急いで作ったんだよ」

「セルデアでは名刺の文化はないんですか？」

「国内では滅多《めった》に見かけないね。でも、日本のみならず名刺の文化を持つ国はそこそこあるから、一応、我が社も申請さえすれば名刺を用意してもらえるんだ」

なるほど、と実優は頷いた。

名刺はすべて英語で、社名はセルデアヒューズテクノロジーと記されている。ラト・ハーディが彼の名前らしい。セルデアの土地には詳しくないが、住所と電話番号も記載されていた。

「そういえば、セルデアのほうって、公用語のセルデア語はあまり使わないんですか？　名刺も英語ですけれど」

「セルデアは他民族国家でね、様々な国からの移住者が多かったから、セルデア語の他に、英語も公用語として定められているんだよ。今では国民の八割が英語を使っているね」

「へぇ〜、勉強になります」

実優が相づちを打つと、ラトは自分の胸を叩いてニッコリと微笑む。

「かく言う私も、アジア人とセルデア人のハーフなんだ。この髪の色はアジア生まれである母方の遺伝だろうね」

「なるほど。日本人として、少し親近感を覚えます」

外国人なのに、どこか馴染《なじ》みのある雰囲気を感じていた。その理由は、彼の血筋にあったのだ。

「ちなみに、ハシムは生粋《きっすい》のセルデア人だ。それでもセルデア語はほとんど使わないんだよね」

ラトが軽く笑ってハシムを見た。彼は実優と目を合わせると会釈《えしゃく》をする。

「ハシム……ハシム・ジタンです。ヨロシク、お願いします」

流暢《りゅうちょう》に日本語を話すラトと違い、ハシムはカタコトの日本語で短く挨拶《あいさつ》した。

「ご丁寧にありがとうございます。よろしくお願いします」

実優が頭を下げて返事をすると、ラトがクスクス笑って「ふたりとも硬いな」と言った。

「ご覧の通り、ハシムは日本語が得意でなくてね。無口だし顔は怖いけど、平和主義だから安心してほしい。……おや、そろそろ料理がきたようだ」

ラトが顔を上げて、実優もつられたように視線を向けると、スタッフがテーブルに料理を並べていく。

ケバブ、ムール貝の料理、パンに野菜や魚を挟んだサンドイッチと、普段はあまり馴染《なじ》みのないオリエンタルな料理が並び、実優の目は物珍しさに輝いた。

「本格的なトルコ料理を食べるのは初めてです」

「それは良かった。トルコ料理は世界三大料理のひとつであると同時に、セルデアでは馴染《なじ》み深い料理でもある。日本でも食べられるなんて嬉しいね」

そう言って、ラトは取り皿を一枚取ると、ケバブをのせて白いヨーグルトソースをかける。

「はい、どうぞ。ラム肉は大丈夫だったかな？」

料理を渡された実優は「はい」と頷いた。

「特に好き嫌いはありません。とても美味《おい》しそうです」

ラトとハシムはそれぞれ取り皿に料理をのせると、両手を胸に置いて、なにごとかをブツブツ呟いた。実優が不思議に思って首を傾げると、視線に気づいたラトが穏やかに微笑む。

「食事前のお祈りだよ。セルデア語で、すべての恵みに感謝しますって言うんだ」

「なるほど。日本の『いただきます』と同じような感じですか」

「そうそう。イタダキマスとゴチソウサマ。日本の素敵な文化だよね」

「セルデアのお祈りも素敵ですよ」

実優が笑いかけると、ラトが優しく目を細める。

きらりとエメラルドの瞳が光って、実優は慌てて俯《うつむ》いてしまった。

(危ない。また見蕩《みと》れるところだった。綺麗《きれい》な顔もだけど、やっぱり瞳が印象的すぎるよね)

あのエメラルドの瞳。見慣れないからだろうか、どうしても気になって見つめてしまい、時々吸い込まれそうになってしまう。

実優は食事に集中することにした。ごはんを食べていれば、余計なことは考えなくなるはずだ。

フォークとナイフを使って、こんがり焼いたケバブにヨーグルトソースを絡める。そしてぱくっと口に入れた。

「うん……！　とても美味《おい》しいです！」

ヨーグルトソースというのが、そもそもあまり馴染《なじ》みのないものだ。まろやかな酸味とほのかな塩味のするソースは、ラム肉の独特の臭みをうまく打ち消していて、がっつりした肉料理なのにあっさり食べることができる。

「このソース、刻んだキュウリも入っていますね」

「そう。キュウリの爽《さわ》やかな香りがあとを引く。日本にもこんなに美味《おい》しいトルコ料理を出してくれる店があるんだね。この国に滞在している間は常連になってしまいそうだよ」

ラトが上機嫌で料理に舌鼓を打っている。ハシムは黙って食べているが、心なしか満足そうな雰囲気が感じられた。日本のお店の料理を外国の人に美味《おい》しいと思ってもらえるのは、なんとなく日本人として誇らしくなる。

そんな喜びが顔に出ていたのだろうか。

食事をしていると、ふと視線を感じて、実優は目線を上げる。

するとラトはニッコリと嬉しそうに微笑んだ。

(うう、もっとちゃんと味わいたいのに。味が、よくわからないよ……)

ラトの目に、自分がどんな風に映っているのか。想像するだけで羞恥《しゅうち》が極まる。とにかく食べることに集中しようと、実優が賢明に口を動かしていると、隣で「はあ」としみじみとした、ため息が聞こえた。

「本当に、可愛いなあ」

チラと見れば、ラトはテーブルに頬杖をついて、実優をジッと見つめている。

(……!! め、めちゃくちゃ見られてる……っ)

顔から炎でも出てきそうだ。

「君と話すのがこんなにも楽しいとはね。やはり、昨日のうちに魔法をかけておいてよかった」

その言葉を聞いて、実優は食べ物を喉に詰まらせてしまう。慌てて水を飲み、ふぅと息をついた。

ずれた眼鏡を指で正して、彼に顔を向ける。

「そ、それです。お料理が美味《おい》しくて忘れかけていましたけど、私が聞きたかったのは、あなたが言った魔法についてなんですよ」

実優は口元を紙ナプキンで拭ってから、改めてラトに尋ねた。すると彼はおどけたような笑顔で軽く肩をすくめた。

「魔法のタネは簡単だ。私は以前からあなたに興味を持っていたんだよ」

「ど、どういうことですか？」

「私とハシムが来日したのは一週間前でね、最初は松喜エンジニアの本社や新エネルギーに精通している大学の研究所を視察していたんだけど、その間に東京営業支社で仕事をしている実優を見かけたんだ」

そう言うと、ラトは感極まったように、胸に手を当てる。

「正直言って、運命を感じたよ。なんて可憐な人なんだと、ひと目で好意を持った。そして私は、寝食を忘れて、仕事も忘れて、実優があの支社で仕事をしている間はずっと陰で見つめていたんだ」

「な、なんですって」

驚きの告白に、衝撃が走る。

口に入れるところだったムール貝をぽろっと皿に落としてしまった実優に、ラトは指を伸ばした。

「ソース、ついているよ。可愛いね」

親指で実優の口元を拭い、ぺろりと舐《な》めてしまう。

（いっ、いっ、いま、私、何をされたの？）

かーっと顔が熱くなって、唇がふるふると震える。

「でも、どうしても見ているだけでは我慢できなくなってしまってね。日本にいる間に、少しでもお近づきになりたいと思って、昨日、会社を出た君のあとを追いかけたんだ」

「お、追いかけていたんですか⁉」

会社でずっと見られていたというのも戦慄《せんりつ》ものだが、昨日、あとをつけられていたなんてまったくわからなかった。

「ということは、私が都心の老舗《しにせ》ホテルに入っていったのも？」

「そうそう。さすがにあそこまでの立派なホテルに入るのは躊躇《ちゅうちょ》したんだけどね。しかし、まさかあの王子が来日していて、しかも君に近づいているとは！　私の心は千々《ちぢ》に乱れた。ハンカチを噛みしめ怒りに燃えた！」

その時の感情を思い出したように、ラトは奥歯を噛みしめ、フォークを持つ手が震える。その芝居めいた仕草はどこまで本気なんだと、思わず実優は呆《あき》れた顔をしてしまった。

しかし、ふと思い出す。

「そうか、ラトはセルデア人だから、ラムジ殿下もご存じなんですね」

「彼はセルデアでも有名だからね。彼に泣かされた女性は星の数より多いと言われている。私は君とラムジ王子の姿を見た途端、目の前が真っ赤に染まり、悔しさと怒りで我を忘れた。バターナイフを片手に突撃をしかけた！」

「えっ⁉」

「安心してクダサイ。速やかにラトの後頭部を殴って気絶させて、止めマシタ」

少し離れたところで黙々と食事をしていたハシムが、カタコトの日本語で言った。

「そ、そう、ですか。あのレストランで、私が知らない間にそんなやりとりをしていたんですね……」

「ふふ、まあね。ハシムはそういうところ容赦《ようしゃ》ないから」

殴られたところが痛むのだろうか。ラトは頭のうしろをこれみよがしに撫《な》でる。だが、ハシムは素知らぬ顔で食事を再開した。

ラトも特にハシムを責めるつもりはないのか、何事もなかったかのように話を続ける。

「私はすぐに意識を取り戻したものの、やはり君とラムジ王子を直視すると暴れ出しそうでね……。仕方なく、ハシムに見守りを頼んで、ホテルの外に出た。満開の桜の下、君を想いながら待ち続けて、ようやく君はホテルから出てきてくれた」

聞くも涙、語るも涙、というように、ラトは人差し指でそっと目元を拭う。

本当にどこまで本気なのだろう。実優は嘘泣きかなと思ったが、彼の目じりは光っていた。

「だが、残念なことに、もうすっかり日は暮れていたんだ。夜道を歩く女性にいきなり初対面の男が声をかけたら、当然の話だけど警戒するだろう？」

「そ、それはまあ、そうですね」

「しかし、私はどうしても我慢できなかった！　君にコンタクトを取りたかった。次の再会でスムーズにお近づきになりたいという魂胆があったからね！　だから、魔法をかけることにしたんだ」

実優は呆気《あっけ》にとられる。

まさか、昨日スカーフを飛ばして『魔法』などと言い出したのは……

「魔法なんて言ったら絶対に不思議がるだろう？　その時点で私は『怪しい男』ではなく『謎の男』になる。謎は、少なからず解きたくなるのが人情だ。つまり、私は実優に少しでも興味を持ってもらうために、魔法なんて言葉を使ったんだよ」

「な、なるほど。ようやく……理解しました……」

思わず実優は脱力してしまって、がっくりとテーブルに肘《ひじ》をつく。話を聞いたら妙に疲れてしまった。ラトという男は予想以上に奇妙な男である。

「でも、どうして私なんかに興味を持ったんですか？」

「もちろん可愛いからに決まって――」

「そういうお世辞はいりません」

キッパリ拒否すると、「ぶはっ」とハシムが噴き出す。

まったく、可愛いだのなんだのと、調子のいいことを言われても恥《は》ずかしいだけだ。実優は困った顔で咳払いをすると、水をひと口飲む。

「何か他に魂胆があるんじゃないですか？　でなければ、私みたいな面白みのない人間に近づく理由がありません。見た目だって、自分で言うのもなんですが、魅力的とは言えませんし」

「それはない。絶対に違うと断言するよ」

自分の言葉を真っ向から拒否されて、少しいじけた様子を見せていたラトは、唐突に真面目な顔をして、正面から実優を見つめる。

（ま、またあの瞳……。直視できないから、まっすぐ見ないでほしいのだけど……）

自分はどうしてもラトの瞳に弱いようだ。昨日出会ったラムジの碧眼《へきがん》はまったく気にならなかったのに、不思議だと思う。

「実優、君は自分の魅力に気づいていないだけで、とても綺麗《きれい》なんだよ。それに、仕事をしている実優を見ていた私は、さらに素敵なところに気づいて、ますます好意を持ったんだ」

「え……？　た、単に仕事をしていただけなのに、どういうことですか？」

面食らった実優が尋ねると、ラトはくすっと笑って人差し指を唇に当てる。

「それは内緒だ。君の素敵なところは、私だけで独占したいからね」

「なっ!?　あ、あう……」

ぷしゅーと頭から湯気が出そう。

今まで真面目に生活することだけが取り柄だった実優は、色恋沙汰とは縁遠い人生を歩んでいた。

自然と、自分はそういう華やかな世界にはほど遠いのだと思い、恋をすることもなかった。

だからこそ、混乱してしまう。こんな風に言われるのは、生まれて初めてだから。

「本当に実優は照れ屋だな。そういうところもたまらなくて、やはり運命としか思えない。いっそ君を捕まえて、誰も知らないところに連れ去りた――」

「オホン！」

唐突に、ハシムが咳払いをする。

いつの間にかラトにじりじりと迫られていた実優は、慌てて彼から距離を取った。

（あ、危なかった。なにがどう危険かわからないけど、ものすごい身の危険を感じたわ……）

ぜいぜいと息を整える実優に、ラトが困ったような笑みを浮かべる。

「残念。ここにはハシムがいるんだった」

実優は心からハシムに感謝した。ラトは気さくで人懐こくて話していても楽しい人だが、油断した途端、彼のペースに乗せられてしまいそうな空恐《そらおそ》ろしさがある。

「まあそういうわけで、もうしばらくは日本にいる予定だから、気が向いた時にでも私の誘いに乗ってほしいんだ。食事とか、デートとかね」

「そっ、そういうのは、絶対に気が向かないと思います！」

「大丈夫。私の諦《あきら》めの悪さはセルデア一だと言われているから。実優が頷くまで、私は星の数ほど誘ってみせよう。君のためなら、愛の奴隷と言われても本望だ」

「ア、アイのドレイって」

どんな頭の構造になったら、そんな言葉が出てくるのだろう。

(やっぱり外国人の男の人って、気障《きざ》な台詞《せりふ》が恥《は》ずかしくないのかしら。怖すぎる……)

甘い言葉に免疫のない実優は、はいともいいえとも言えず、ハハハと乾いた笑いを零すのが精一杯だった。

◆ ◆ ◆

今日の仕事もつつがなく終わって、実優はため息をつく。

なんだか今日は、さっさと家に帰ってのんびり過ごしたい。

ラトとの昼食は半分楽しかったが、もう半分はやけに疲労してしまった。

相手が王子様みたいに素敵だからか、どうしても緊張してしまうし、彼は息を吐くように甘い言葉を実優にかける。

「あれは外国人特有なのか、セルデア人がそうなのか、なんなんだろう」

帰り道、実優は苦悶《くもん》の表情でブツブツと呟く。

昨日、ホテルで会ったラムジ王子の印象は最悪だったが、同じセルデア人であるラトは話しやすかったし、セクハラも女性蔑視《べっし》の傾向もまったくなかった。さりげなくエスコートしてくれるし、さらりと褒めるところは恥《は》ずかしいからやめてほしいが、親切で心優しい人だと思う。

(王子様と庶民の違いってやつかな。王子様が傲慢《ごうまん》なだけで、一般のセルデア人はまともな人が多いのかも)

それにしても失敗したと、実優は頭を抱えた。

「まさかお昼をご馳走してもらうなんて……！」

昼食を終えたあとに、ラトと一悶着《ひともんちゃく》あったのだ。カードでまとめて払いたいからお代はいらないと言うラトに、自分の分は払いますと実優はお金を用意しようとした。

しかし、その手はラトに取られて、さらに手の甲にキスまでされてしまう。実優は悲鳴を上げて飛び退《の》いた。

「それなら、代わりにディナーをご一緒してもらおう」

「さっ、早速誘うつもりですか!?」

「当然だ。これからの私はいつだって、実優をデートに誘う口実を探すつもりだからね」

「それなら余計に、ここでお金を払わせて頂きます！」

実優は財布を開けて紙幣を取り出す。そしてパッと前を向くと、そこにラトはいなかった。……いや、街路樹の並ぶ歩道のずっと向こうにいて、実優に手を振っていた。

「じゃ、そういうわけで、約束だよ！」

「かっ、かっ、勝手に約束にしないでください！」

ぎゅっと紙幣を握りしめて実優が非難の声を上げるも、彼は余裕の笑みで唇に人差し指を当てて、実優に向かって指を差し出す。いわゆる投げキッスだ。普通の男性がやったらドン引きの仕草だが、見た目が美しいラトがやると何ともサマになる。

実優が顔を赤くして手をぷるぷる震わせていると、すぐ近くにハシムがいることに気がついた。

彼はまるで実優に同情するかのような目でジッと見ていたが、やがて軽く会釈《えしゃく》して、ラトが去った方向に歩いて行った。

呆然と立ち尽くす実優は、いつの間にかお昼をご馳走されて、しかもディナーの約束までするはめに陥《おちい》ってしまったのだ。

「はあ……」

昼のことを思い出した実優は、げんなりと肩を落とす。

自分の人生は、海の波に例えると凪《なぎ》のようだと思っていた。波乱は起きず常に平坦で、それはつまらないかもしれないが安穏《あんのん》で、平凡な自分には上出来な人生だと。

しかし、昨日からなんだかおかしい。人生という名の歯車が突然交換されたような違和感がある。

自分は、ラトみたいな素敵な人に興味を持たれるような女ではないはずなのに。

「とにかく家に帰ったら、適当に料理して、録画したドラマでも見て……」

そんなことを呟きながら歩いていると、ふと、自分のすぐうしろで靴音が聞こえた。

「えっ？」

驚いて振り返る。だが、そこには誰もいない。

「気のせい……かな？」

首を傾げる。実優はふたたびアパートに向かった。

コツコツ、コツコツ……

実優がローファーの靴音を鳴らして歩く。

コツコツ、コツ、コツコツ、コツ。

「やっぱり誰かいる⁉」

勢いよく振り返った。しかし、実優の視線の先にあるのは、夜の帳《とばり》が下りた薄暗い夜道だけ。電柱の上に設置された防犯灯が、ぼんやりとアスファルトを照らしていた。

「なに、なんなの……？」

えも言われぬ気味の悪さを感じた実優は、はじけたように走り出す。

はっはっ、はっはっ。

自分の吐息と速い靴音を聞きながら、必死に走り続ける。全速力でアパートに戻るとドアを開けて、勢いよく閉めた。カチリと施錠して、おそるおそるドアスコープから外を覗《のぞ》き見る。

（……誰もいない。やっぱり気のせいだったのかな？）

息を整えながら考える。靴音が二重に聞こえたのは、実優の靴音が近くのブロック塀に反響しただけかもしれない。

（そ、そうよね。びっくりした……。だいたい、私のあとをつける人なんているわけないじゃ

ない）

だんだん自分に呆《あき》れ、つい笑ってしまう。

「自意識過剰ってやつかな。うん。……まあ、物騒な世の中ではあるから、百パーセントありえない話ではないけれど、今回はそうだったのよ」

自分の言葉に納得しつつ、防犯意識は大事だと思い直して、実優はドアチェーンをかけてリビングに入った。

――しかし、その奇妙な違和感は、翌日になっても、その次の日になっても続いた。

最初こそ「気のせいだ」と思い込んでいても、あからさまに複数の靴音が聞こえたり、アパートの近くで不審な人影を見つけてしまっては無視できない。

極めつけは、自分のアパートの玄関ドアだった。

安普請《やすぶしん》ではあるが、それなりに頑丈に作られたドアで、鍵はシリンダー錠になっている。

その鍵穴が傷だらけになっていて、ぎょっとした。

明らかに第三者が鍵穴をいじった跡。さすがに明確な恐怖を感じた。

しかし、理由がわからない。実優はお金持ちではないし、目立つ風貌もしていない。

（いや、私をつけ狙っているのが強盗のたぐいなら、ターゲットは誰でもいいのかも）

なんにせよ、無視できる状況ではない。さりとて、どうしたらいいのか。

帰り道に違和感を覚え始めてから五日が過ぎて、実優は会社で見積書を作成しながら悩んでいた。

その時、正午を知らせるチャイムが鳴る。お昼休みだ。

実優は途中だった作業をきりの良いところまで進めてから、財布を持って会社の外に出た。今日は弁当を作っていないので、コンビニで昼食を調達するのだ。

「やあ、こんなところで会えるなんて奇遇だね」

歩道に出た瞬間、声をかけられてぎょっとした。

声がした方向を見ると、ラトが会社の柵にもたれて、ニコニコ笑顔で片手を上げている。ちなみに彼の隣には、ハシムが相変わらずの仏頂面《ぶっちょうづら》で立っていた。

「ラト！　そういえば、しばらく顔を見ないと思っていましたが、まだ日本にいたんですか」

「ひどいな！　しばらく日本にいると言ったじゃないか。でも、嬉しいよ。少しは私のことを考えてくれていたんだね。私も実優に会えない日は寂しくて、夜《よ》ごと空を見上げては、君の笑顔を思い出していたよ」

流れるような仕草で、ラトは実優の頬に触れようとする。

だが、実優はサッと体をそらしてその手を避けた。さすがに何度も不意打ちで触られていれば、防衛本能も学習するのだ。

「そういう歯の浮くような台詞《せりふ》はやめてください。期待を裏切って申し訳ないですけど、実はラトのことはまったく考えていませんでした。それどころではありませんでしたので」

「ハッキリ否定されると、わりと深刻に傷つくな。ところで、それどころではなかったというのはどういうことだ？　なにかトラブルでも？」

　傷ついたと口にしたわりには、ケロッと気を取り直して実優に尋ねる。

　単に切り替えが早いのか、それともからかっているだけなのか。

　実優は微妙な疲れを感じる。

「気のせいだと思いたいのですが、最近、私の周りで妙なことが起こっていまして」

「ふむ、立ち話で聞くような話ではないようだ。こちらにおいで。駅の近くに落ち着いた雰囲気のカフェを見つけたんだ。そこで話を聞こう」

　言うや否《いな》や、ラトは駅に向かって歩き出す。実優は慌ててついていきながら、彼に言った。

「今日は、私が支払いますからね」

「ええー？」

「何を不満げな声を出しているんですか！　だいたい前回だって、あなたは問答無用で支払いを済ませて、しかも一方的に私と約束して逃げたでしょう!?」

「だってそうでもしないと、君をディナーに誘うのは困難だと思ったんだ」

　困ったようにラトは頬を掻いて、苦笑いをする。

「恋を知った男の情けない悪足掻《わるあが》きだと思えば、ほら、許せそうな気がしないか？」

「しません。とにかく……もう、勝手にそういうことをするのはやめてください。ディナーのお約束は……その、守りますから」

最後のほうは小声で、しかも早口で言った。しかしラトは耳聡《みみざと》く、バッと実優に顔を向けると嬉しそうに両手を掴《つか》んできた。

「本当かい⁉」

「だ、だって仕方ないじゃないですか。実際、ご馳走されちゃったわけで、支払いの代わりにディナーにつきあうって話になっちゃったんですから……っ」

実優がたじたじになって言うと、ラトはニコニコ上機嫌で手を繋いでくる。

「良かった、嬉しいよ。それなら今日のところは折半《せっぱん》ということでどうかな？」

「そ、そうですね。そのほうが私の精神的負担も少なく済みます」

面食らいながら頷いた。自分で言うのもなんだが、実優は決して美人ではないし、見た目は地味で、性格もそう魅力的とはいえない。それなのにどうしてこんなにもラトは喜ぶのだろう。こんな自分とディナーに行っても、きっと楽しくないと思うのだが。

手を繋いだラトと実優、そして少し離れてハシムが最寄り駅近くにあるカフェに入店する。そこはラトが言ったように落ち着きのある喫茶店だった。

流行のカフェチェーン店ではなく、昔からある喫茶店という感じだ。店内はゴシック風の装飾でまとめられ、広すぎず狭すぎもしない。客入りはまばらであったが、街の喧騒《けんそう》が嘘のように、静かな音調のクラシックが流れている。

「このあたりの店はいろいろ巡ってみたんだけど、ここが一番コーヒーが好みだったんだよ」

「ラトはコーヒーが好きなんですね」

ソファ席に向かい合って座り、ハシムはラトの隣に腰掛ける。

「そうだね、朝は必ずコーヒーを飲むのが日課になっているよ。実優はコーヒーは好き?」

「はい。必ず飲むというほどではありませんが、気分転換したい時には飲みたくなりますね」

そうか、とラトは笑って、店員にコーヒーを三つ注文した。

「そうだ、ランチが済んでいないのなら、ここで食べていくかい？　自家製ビーフカレーがなかなか美味だったよ」

「それは気になりますけど、元々コンビニでおにぎりを買う予定だったので大丈夫です」

正直なところ、のんびり食事という気分になれなかった。

実優がそう言うと、ラトは「わかった」と頷く。

「それで、どんなトラブルに巻き込まれているのかな?」

「トラブルってほどではないと思うんですけど」

実優はここ最近、自分の身に起きていることを説明し始めた。話している途中でコーヒーがテーブルに置かれたので、実優はコーヒーカップを手に取る。

ラトは腕を組み、形のよい顎《あご》に手を添えて、やけにシリアスな表情で話を聞いていた。

「――そんなわけで、やっぱり気のせいかもしれませんが、鍵についてはどうしても無視できなくて」

「そうだね。可能ならすぐにでも鍵を替えるべきだと思うよ。シリンダー錠はものにもよるけど、簡単に合鍵が作れる可能性が高い。こういう時、日本は警察に相談したら動いてくれるものなのかな？」

「……まず動いてくれないと思います。ものを取られたとか、事件性がないと」

「そうだよね。セルデアの警察も同じだよ。となると……よし！」

ラトは名案を思いついたようにニッコリと笑顔になった。

「私が実優のボディーガードになってあげるよ」

「ブフッ」

彼が提案を口にした途端、隣のハシムが飲んでいたコーヒーを軽く噴き出す。そしてグルッと横を向いたかと思えば、ラトのネクタイを掴《つか》んで引っ張った。

『お前、何を考えているんだ。自分の立場をわかっているのか！』

——英語だ。実優は目を丸くする。

(そうだった。ラムジ王子も英語を使っていたし、本当に英語はセルデア語よりも日常的に使われているんだわ)

しかし、ハシムはやけに怒っている。実優はコーヒーを飲みながら様子を窺《うかが》う。

『問題ないよ。彼女の違和感は夜の帰り道だけなんだから』

『それは、そうだが』

『私の仕事に支障はない。君の負担は増えるかもしれないが？』

ニヤ、とラトが意地悪げにハシムを横目で見上げると、ハシムがウグッと苦々しい顔をする。

「あ、あの、お話ししているところ申し訳ないのですが、私はボディーガードなんて結構ですよ」

コーヒーをソーサーに戻してから、実優は静かな口調で断る。

「ラトがセルデアからわざわざ日本にいらしたのは仕事のためなんでしょう？　私にかまけている時間はないと思いますし、私としても、おふたりの負担になるのは困ります」

相談はしたものの、別に彼らに守ってほしいと思ったわけではない。

ラトが口にしたように、まずは鍵を替えるのが一番良い対処法だ。それから、いつもの帰り道のルートを変えてみるのもいいかもしれない。

今のところ実害はないのだから、防犯意識を強めればなんとかなるだろう。

実優がそう結論づけていると、ラトが爽《さわ》やかな笑顔を見せて実優に話しかけた。

「負担だなんて露《つゆ》ほども思っていないよ。どうか私に、君を守らせてほしい」

「で、でも」

「ハシムも困っているレディを放っておけるような冷血漢《れいけつかん》ではないよ。そうだろう？」
ジ、とラトが意味ありげにハシムを見ると、彼はウッと一瞬渋面《じゅうめん》を見せた。しかし、オホンと咳払いをして、ゆっくり頷く。
「ほらね、ハシムも実優が心配なんだよ」

「そ、そうなんですか？　さすがにボディーガードなんて、大仰《おおぎょう》すぎるような気もするんですけど」

「そんなことはない。防犯において最も大切なのは、実優自身がきちんと危機感を持つことだ。鍵を替える、帰り道のルートを複数作る。守られているという自覚を持つ。とりあえず、今はこの三つを守ることに徹するといい」

「鍵や帰り道のルートは理解できますけど、最後の、守られている自覚というのは何ですか？」

実優が首を傾げると、ラトはコーヒーカップを片手に持って、もう片方の人差し指を立てた。

「護衛というのはね、守る側が警戒するだけではだめなんだ。守られる側も、自分が守られていることを意識しなくては完璧な護衛にならない。こまめに連絡を取り合って、互いのスケジュールを把握《はあく》し、いざという時には遠慮してはいけない」

その言葉にはやけに真実味があって、実優は思わず聞き入ってしまった。

ラトはエメラルドの瞳をまっすぐに向けて、真剣な表情で言葉を続ける。

「守られる側は、自分の身を守ることに専念すること。それが、守る者に対する礼儀であり、義務なんだ」

「……ラト」

こんなに真面目なラトは初めてだ。まるで彼も、誰かに護衛されたことがあるみたいに、その言葉には実感が篭もっていた。

ラトになんと言葉を返せばいいかわからない。実優が戸惑っていると、彼はシリアスな雰囲気を一掃するように爽やかな笑みを浮かべた。

「なんてね。セルデアは日本に比べると安全とは言えないから、これはセルデア人みんなが持っている防犯意識みたいなものだ。まあ、日本と比べたらどの国も治安が悪いんだけどね」

ラトがはっと笑うので、実優もつられたように笑う。

「そうですね。私は日本から出たことがないけれど、世界の中でもとりわけ安全な国だって聞いたことがあります。それでも最近は物騒になったかもって思いますけどね」

「二十四時間営業できる店があるというだけで充分安全だよ。それに、夜中でも女性が普通に街を歩き回ってるのもすごいね。初めて見た時は、びっくりしたよ」

「……考えてみると、日本はちょっと平和ボケしているのかもしれませんね」

「いいことじゃないか。平和に感謝することは大切だけど、平和を当然のように享受できるというのは、とんでもなく恵まれたことだと私は思うよ」

そう言って、ラトは少しだけ寂しそうに目を伏せた。

「セルデアは今でこそ平和だけど、ほんの二十年前までは内戦の絶えない国だったんだ。セルデア王族がたくさんの派閥を作ってしまってね。外国の私設部隊を大量に雇い、さらにセルデアを乗っ取ろうとする大国も現れて、国は大混乱に陥《おちい》っていた」

実優は目を見開く。セルデアにそんな時代があったなんて知らなかった。

二十年前といえば実優が四歳の頃だ。もしかすると、その頃はニュースや新聞でセルデアの内戦が報道されていたのかもしれない。

「でも、今の王が内戦を終結させたんだよ。国のあらゆる鉱脈はすべて王室が管理し、その利潤は国民にすべて分け与えるという法律を作った。争いの火種になった側室制度は廃止した。おかげで国民の生活水準は飛躍的に向上し、王位継承者もふたりだけに減ったんだ」

「側室……。確かにそんなのがあったら、王位継承者がいっぱいになってしまいますね」

「出生率の低かった大昔の制度がずっと続いていたみたいだね。二十年前の王位継承者は、今の王を含めて二十七人もいたんだよ」

二十七人！　実優は驚愕してしまう。さすがにそんなに多かったら諍《いさか》いも起きやすいのかもしれない。

ラトはテーブルにのせていた実優の手を握った。

「でもね、今は本当に平和なんだ。私は、セルデアの平和がずっと続けばいいと思うし、いつかは日本のように夜中でも出歩ける、まさしく平和ボケするような国になってほしいと願っているんだよ」

「う、はい。そうですね。そう言われたら、平和ボケも悪い言葉じゃないかもですね」

実優は顔を赤くして頷く。頼むから、ことあるごとに手を握るのをやめてほしい。外国人はスキンシップが好きだと聞いたことがあるが、ラトもそうなのだろうか？

「実優にも見てほしいな。セルデアから見える美しい海を。荘厳《そうごん》な山脈を。街を、人を。……私が大切にしているものすべてを」

透《す》き通るようなエメラルドの瞳が、切なく実優を映し出す。

どうしてそんな表情をするんだろう。内心疑問を覚えながら実優は微笑んだ。

「ラトは本当にセルデアが好きなんですね」

「そうだね。君の次に愛しているよ」

「……また、そういうことを言う……」

ガクッと肩を落とすと、眼鏡が下にずれてしまった。母国を大切に想うラトは素敵だなと思った矢先にこれだ。調子がいいというか、息をするように歯の浮くような台詞《せりふ》が言えるのは、もはや才能なのかもしれない。

「さあ『善は急げ』だ。まず、連絡先を交換しよう。君は至急鍵を替えに行ったほうがいいね。それから会社からアパートまでの地図を見せてほしい。退社時間までにハシムが帰宅ルートを複数考えるから、合流して一緒に帰ろう」

「あ、はい。私なんかのためにいろいろ考えてくださってありがとうございます」

思わず礼を口にすると、ラトは少し意地悪な雰囲気で目を細めた。

「次、『私なんか』と、自分をネガティブに言ったら、唇にキスをするからね」

「えっ⁉」

「実優は奥ゆかしくて素敵な女性だと思うけれど、度が過ぎた自虐は気づかないうちに自分を傷つけるものだ。だから、君がひとつ自虐したら、私がひとつ幸せを差し上げよう」

「幸せって、キスが幸せなんですか⁉」

どう考えても罰ゲームに近い。

顔を熱くした実優が問いかけると、ラトは蕩《とろ》けそうなほど極上の笑みを浮かべた。

「もちろんだよ。キスは人を幸せにさせる。ひとつ試してみるかい？」

――実優は速攻で首を横に振った。

第三章　本当の、スカーフの種明かし

尾行されているかもしれないと不安がる実優を安心させて、ラトは少しずつ、だが大胆不敵に、彼女と距離を詰めていく。

砂糖をたっぷり入れたチャイみたいな甘い言葉と、気遣いのあるエスコート。

ハシムはラトの惜しみない愛情の押し売りをずっと黙って眺めていたが、そろそろひとこと申し上げなければと思った。

『ラト。さすがに、やりすぎではないか』

喫茶店で実優と別れたあと、ハシムは英語で話しかける。

『そうか？　これでも抑えているほうだが』

ラトも英語で答える。ハシムは頭痛を覚えて、手で額《ひたい》を押さえた。

『〝あれ〟で……？』

ラトが遠慮しなくなったら、どれほどパワーアップしてしまうのか。もはやハシムは想像もつかない。

『さて、次の視察はどこだったかな』

『十五時より、国立大学の鉱物研究所で教授より話を伺う。昨日、ラムジが訪問したばかりのところだ』

『ふむ、それならまだ記憶は新しいだろうから、詳しい内容も教えて頂けるだろう。あの強烈な御《ご》仁《じん》は、一度見たらなかなか忘れるものでもないけどね』

くすくすとラトが笑う。ハシムはぴくりとも表情を動かさずに、駅前のロータリーに向かった。

『それにしても、勇気を出して日本に来て本当に良かったなあ。実優に出会えたのが一番だけど、食事は美味しいし、優しい人が多いようだ。あと、感動したのはトイレだね。日本人のトイレ好きは話に聞いていたけれど、もはや芸術性を感じるよ』

『日本人はトイレ好きというより、清潔好きなんだろう』

ハシムは洗練された町並みを眺めながら言う。二十年前、内戦が終焉《しゅうえん》を迎えてから、セルデアはずいぶん発展して近代化した。しかしこの国に比べたら、満足とは言えないだろう。まだまだ課題は多い。早急に対処しなければならない問題もある。

『清潔好きか。確かにそうかもしれない。最初にホテルのトイレに入った時は戸惑ったよ。謎のボタンが多いし、勝手にフタが開くし、あたふたしている間に水が流れて』

『……ラト』

はあっとため息をついて、ハシムはラトを睨《にら》む。

『日本が物珍しい国なのはわかる。だが、俺たちがここに来た目的を忘れていないだろうな』

駅前のロータリーで、客待ちをしているタクシーに乗り込み、釘を刺した。

『もちろんだ。私が日本に来た目的はただひとつだよ』

人受けのよい笑みを見せるラトに、『それならいいが』とハシムはため息をついた。

ラトとハシムは、確固たる目的があってこの国にやって来た。戦後驚異的な進歩を世界に見せつけた、この不思議な日本という国に。

目的地を指示されたタクシーは、ゆっくりと走り始める。

車窓から美しい桜並木を眺めるラトは、少し切ない表情をしていた。

『……そのために、スカーフ作戦を仕掛けたんだからね』

『ああ、そうだったな』

ハシムは思い出す。いきなりラトに提案されてびっくり仰天した『作戦』を。

あの日の夜。実優に向かってスカーフを投げたのは、彼女に説明したような浮ついた理由ではない。本当は、件《くだん》の老舗《しにせ》ホテルのレストランでラムジが実優を気に入っていることを知り、彼の行動を監視する目的で、実優に近づいたのだ。

『だが、あの男が実優を選んだことがつくづく腹立たしい。彼女は、本当は私たちの事情に関わらないはずだった。それなのに、あの会社の本社がなぜか接待役を東京支社に押しつけたんだ。そんなことをしなければ、彼女の平穏は守られていたのに』

ハシムは座席シートに背中を預け、フロントガラスから景色を眺めた。

『ラトからしてみれば、ラムジと好みの女のタイプまで一緒なんだ。余計に腹も立つということか』

『どうかな。ラムジが彼女に目をつけたのは気にいらないが、あの男と私は、彼女を好きになった理由がまったく違うよ』

そう口にしたラトの目は穏やかだった。うっとりと愛でるように、窓から桜並木を見ている。だが、おそらく彼の心は別のところにあるのだろう。

今、ラトの心は実優のもとにある。遠い異国に足を踏み入れて、彼は人生で初めての恋をしてしまった。

だからこそ、ハシムは危惧《きぐ》している。

ラトはどんな不幸に落とされても絶望しない。諦《あきら》めが人一倍悪く、今も足掻《あが》き続けている。

一度決めたら手段を選ばない男が、いったい彼女になにをするのか。

(平穏が似合うと言ったのはラト、お前だ。それなのにまさか彼女から平穏を奪うつもりなのか?)

ハシムはラトをたしなめはするが、彼の行動を完全に止めはしない。

いや、できないのだ。セルデア国民にとってラトは特別な人である。そして、彼が胸に秘める野望を聞いた時、自分はこの方についていこうと心から決めた。

『ああ、でも。ハシムが言ったことは半分はアタリかな』

そう言って、ラトは薄く目を細めた。

『実優の魅力は、私だけが知っていればよかったことだ。ラムジの目に彼女の姿が映ったのだと思うだけで、あの青い目をえぐり出したくなる』

仄暗く笑う。その表情は、絶対に実優に見せることはない、彼の本性だ。

――確固たる目的があって、日本にやってきたラトとハシム。

だが、実優を見つけた途端、ラトの様子がガラリと変わった。

持ち前の調査能力で実優のすべてを調べ尽くし、自由時間が五分でもできたら実優を探しに行く。正直、ハシムが引いてしまうほど完璧な尾行で、彼はずっと実優をうしろから追いかけ回していた。

恋をした、というのは本当なのだろう。こんなラトの奇行は、幼少より共に過ごしてきたハシムも初めて見た。

しかし最初の頃は、それでも自身を抑制していたのだろうとハシムは思う。なによりも自分の立場を理解しているラト。さすがに実優を自分の世界に引き込むことだけはためらっていたのだろう。だから、見ているだけに徹していたのだ。せめて日本にいる間は彼女を見守って、大切な片想いを胸に抱きながら、母国に帰ろうと決意しているそぶりを見せていた。

だが、ラムジが実優を気に入ったせいで、事態は大きく変わる。

さすがに放っておくことができなかったラトは実優に近づき、彼女との交流を始めて、ラムジの行動を監視することにした。

実優と話しているラトは、本当に幸せそうだった。

でも、だからこそハシムは胸が痛んだ。

見ているだけなら良かった。でも、言葉を交わせば触れたくなるものだ。そして一度でも触れたら止まらなくなる。もっと触れたい。もっと探りたい。愛という名の酒がグラスからあふれて零れるように、ラトは恋に酔い、夢中になる。独占欲は留まるところを知らず、彼の瞳にはもう、彼女しか映っていない。

そう、ラトは決めてしまった。実優と言葉を交わして、彼女の微笑みを目の前で見たからこそ、決意してしまった。

——ラトが女性を愛するということは、間違いなく、その女性の日常を壊してしまう。

ハシムは心から実優を不憫《ふびん》に思い、同情した。

いっそなんらかの危機感を覚えてすぐさま逃げてほしいくらいだ。しかし、ラトは諦《あきら》めない男だから、地の果てまで追いかけるだろう。となれば、彼女に逃げ場はない。

(すまない……実優)

自分はラトを止められない。ハシムはせめて心の中で実優に謝罪することしかできなかった。

第四章　口直しのデートはいかがですか?

玄関の鍵を替えた。帰り道のルートも変えて、しかも毎日ラトとハシムについてきてもらっている。

申し訳ない、と思う気持ちもあるけれど、同時に心強かった。ひとり、何度もうしろを振り返りながら家に帰るのは、自分が思うよりもずっとストレスになっていたのだ。

しかしこの日、実優は新たなストレスに直面することになる。

いつも通りに出社すると、営業部には愛想笑いの営業部長と、ニヤついた笑みを浮かべるラムジが待ち構えていたからだ。

「柏井、ラムジ殿下がいらしてくださった。今日は終日、殿下の視察に同行するように」

「……え?」

実優は戸惑う。慌てて懐《ふところ》からスケジュール帳を取り出した。

「待ってください。いきなり言われても困ります。午前中は取引先に訪問する約束をしていますし、午後なら少しは時間を取れますが、それでも一時間が限界です」

「君のすべてのスケジュールは代理の者に任せる。とにかく、柏井の今日の仕事はラムジ殿下のお世話だ。皆で行《おこな》う昼食会の場所は追って知らせるから、それまで失礼がないようにな」

部長の態度は威圧的だ。ノーと言えない迫力で命令する。

実優は初めてラムジと顔を合わせたレストランでの出来事を思い出した。あの時の部長はまったく役に立たなくて、ずっと今のような愛想笑いを浮かべていた。

（あの時と同じだ……）

実優は苦々しく唇を噛む。ラムジは、すべての事柄が自分の思いのまま動くのが当然だとばかりにその場で腕を組み、ふんぞり返っていた。

間違いない。部長は完全にラムジの従僕と化している。莫大な利益を生む取り引きを成立させるため、ラムジの機嫌を取ることしか考えていないのだ。

実優は心の中でため息をつく。そして、部長に見切りをつけた。人事部に異動の希望届を出して、別の支社に異動させてもらおう。それがだめなら転職するしかない。

だが、それでも今は逃げるわけにはいかなかった。正直ラムジには二度と会いたくなかったが、今の実優は松喜エンジニアで働く社員のひとりである。これも仕事のひとつだと思って諦《あきら》めるしかない。

ニヤついた笑みを見せるラムジの前に立ち、実優は会釈《えしゃく》した。

ラムジの横にいた侍従が、厳《おごそ》かな声で実優に言い放つ。

「殿下は退屈しておられる。至急、東京都内で殿下が楽しまれる場所を探し、案内しろ」

「……は？」

威圧的な物言いも腹が立つが、それよりも内容に疑問が湧いた。

「ひとつ、確認したいのですが。私はラムジ殿下の視察に同行するんですよね？　『楽しまれる場所』というのはどういう意味でしょうか」

言葉を選んで尋ねる。いつの間にか営業部内は水を打ったようにシンと静まっていて、他の営業も、事務社員も、実優とラムジたちのやりとりに注目していた。

侍従はやや不機嫌な表情になると、実優に説明する。

「殿下のお務めはすでに終えている。連日のありきたりな馳走も、薄ら笑いをする卑俗な男の世辞もうんざりだ。このままでは殿下の機嫌を損ね、お前たちの苦労が水の泡になるぞ。それでいいのか？」

（なにこの人。ラムジと同じくらい失礼な人だわ。薄ら笑いをする卑俗な男って、もしかして部長のこと？）

実優がチラと営業部長を横目で見ると、彼は苦々しい表情を浮かべていた。彼自身、ラムジを相手にするのは相当苦労していたのだろう。

多少同情しないわけではないが、それでも彼の態度はいただけない。

（今回だけ。今回だけ我慢して、さっさとこの支社から離れてしまおう）

実優はそう自分に言い聞かせて、まっすぐに侍従と目を合わせた。

「わかりました。それがラムジ殿下のご希望でしたら、至急手配致します。ちなみに、ラムジ殿下が興味をお持ちになりそうな場所に心当たりはありませんか？　私はラムジ殿下のお好みに詳しくないので、助言を頂けると助かります」

ラムジが自分を指名するのならつきあいはするが、部長のように下手《したて》に出るつもりはまったくない。あくまでビジネスとして同行するのであって、ラムジの背後にある莫大な資金力には屈しない。毅然《きぜん》とした態度で侍従に話すと、彼はしばらく実優を見つめ、ラムジに小声でなにごとか話した。

するとラムジは、なぜか満足そうな笑みを浮かべ、その碧《あお》い瞳を実優に向ける。

『私の興味のある場所を聞いているのか。高いタワーはドバイで満喫したからいらん。ジンジャブッカクは最初こそ面白かったが、もう見飽きた。そうだな、リゾート地はないのか？　余暇を楽しむような場所がいい』

（なるほど。日本らしい神社やお寺、有名なタワーは、すべて部長や支社長が接待場所に使ってしまったのね。それなら……）

侍従がラムジの英語を日本語に翻訳しようとする。だが実優は先に英語で言葉を返した。

『私は英語が理解できますので、翻訳は結構です。つまりラムジ殿下は気分転換がしたいのですね』

日本で学んだ英語だから、日常的に英語を使う人にとっては多少発音の響きが硬いかもしれない。だが、実優の意思はきちんと向こうに伝わったようだ。ラムジと侍従は互いに顔を見合わせると、ラムジが嬉しそうな顔をした。

『おお！　お前は英語が使えるのだな。そうならそうと、早く言わないか。まったくこの会社の連中は、グローバルだなんだと言っておきながら、上層部になるほど英語が使えない者揃いで辟易《へきえき》していたのだ。本当にお前を選んでよかった！』

本心で喜んでいるのだろう。実優が驚くほど、ラムジは大げさな仕草で歓喜を露《あら》わにしている。両手を広げたかと思えば胸に手を当てて、まるで舞台で演技をしているような仕草だ。

（……でも、そういうオーバーなところ、ちょっとラトに似てるかも）

思わずクスッと笑ってしまう。セルデア人は日本人よりもずっと、感情を体全体で表す傾向が強いらしい。

さて、それよりも場所のチョイスはどうしようか。

ラムジが望んでいるのは、日本らしさがありながらも遊び心のある場所だ。しばらく考えた実優はとある場所を思いつき、スマートフォンでルートを確認した。

そして侍従に液晶画面を見せる。

「ここに殿下をお連れしたいのですが、警備などは問題ありませんか？」

「ほう……。なるほど、ここなら殿下も楽しまれるでしょう。警備については、先にＳＰに連絡し、各所に配置させるので、あなたが心配する必要はない」

侍従はさっそく電話で手配を始めた。

ラムジはニコニコ笑顔で実優に話しかける。

『さっそく場所が決まったようだな。では、行くとしようか』

『はい』

『ところでお前、名前はなんといったかな。ミウとか、ミャーとか、猫のような名前だったのはおぼろげに覚えているのだが』

ガクッと実優は肩を落とす。英語が理解できるというだけで上機嫌になるところとか、無邪気で可愛いところもあるんだなと思っていたが、やはりラムジはラムジだ。

人のことを気に入ったとかなんとか言っておきながら、今の今まで名前を忘れていたなんて、失礼にもほどがある。

実優は改めてラムジに自己紹介をして、侍従が用意したハイヤーに乗って移動を始めたのだった。


結局のところ、実優が思いついた『ラムジが楽しめそうな場所』とは、遊園地だった。

一応、外国人に人気のある都内の遊園地を選んでみたのだ。

こんな場所に王子様を連れて行っていいのだろうかと一抹の不安を覚えていたが、ラムジの反応は実優が想像していたよりもずっと良いものだった。

『これがユウエンチ！　そう、これだ。こういう場所を私は求めていたのだ！』

ラムジは大興奮である。

よかった、と実優は胸を撫《な》で下ろした。ここで機嫌を損ねたら、それこそ実優の立場がなかった。

『しかし、客の多さが目障りだな』

少し不満そうに呟く。

たしかに今日は平日であるにもかかわらず、それなりに客入りは盛況のようだ。外国人に人気のある遊園地だから、ちょっとした観光地にもなっているのかもしれない。

『よし！　今から私がここを貸し切ろう。おい、ここの管理者を呼べ。客をすべて追い出して、私が遊び終えるまで入場を禁じるんだ』

ラムジが侍従に命令する。実優は慌てて『お待ちください！』と英語で止めた。

一瞬「冗談だよね？」と思ったがそんなことはない。彼は無理を押し通してしまえるほど莫大な資産を持つ異国の王子様なのだ。

でも、他人に迷惑をかけるのはやめてほしい。どう言ったら納得してもらえるのかと実優は悩んだ末、努めて言葉を選んでラムジに話しかけた。

『殿下は今、お忍びで日本にいらしているのでしょう？　そのような目立つ行為をしても構わないのでしょうか』

『む、むう。たしかにそうだな。このような小さい施設をまるごと貸し切るくらい、目立つうちには入らないと思うが……確か、あのラティーフめも来日しているんだったな。下手に動いて詮索《せんさく》されたくない』

〝ラティーフ〟と口にした時、ラムジは今まで見たことがないほど苦々しい顔をした。

誰のことを言っているんだろう？　実優が疑問を覚えた時、ラムジが仕方ないとばかりにため息をつく。

『わかった。貸し切るのはやめよう。ただし、あまりに他の客が目に余るようなら、ここを管理する者を呼ぶからな』

よかった。少なくとも今すぐ他の客を追い出すなんてまねはしないようで、ホッと安心する。まだまだ油断はできないが、最悪の事態は免《まぬか》れたと言っていいだろう。

ラムジは子供のようにあれこれアトラクションに乗りたがって、もちろん実優もつきあわされた。

目が回るようなジェットコースター。気絶しそうなフリーフォール。

どうやらラムジは、絶叫系アトラクションがお気に入りのようだ。次から次へと絶叫系に乗せられて、実優はフラフラになる。しかしこれも仕事だと、悲鳴も我慢して耐え続けた。

『やはりセルデアにもこういうレジャー施設は必要だな。よし、帰国したらすぐに作らせよう。我が国は沿岸区域がすべてリゾート地になっていて、カジノもあるのだが、いまひとつ盛り上がりに欠けると思っていたのだ』

じゃらじゃらと金の腕輪を鳴らし、ぎらぎらと宝石の指輪を光らせて、ラムジは大きな腹を揺らしながらステップを踏み、遊園地を満喫している。

（帰国したらすぐに作らせるなんて、そんなに簡単に作れるのかしら。お金持ちの国だと聞くから、私が思うよりも簡単なのかな？）

そんなことを考えながら、ラムジの少しうしろを歩いていると、彼がグルッと振り返った。

『ところでミウ』

『実優です』

『金《きん》かダイヤかどっちが好きだ？』

聞いちゃいない。もういいかと実優は諦《あきら》め、淡々と答えた。

『どちらも特に好きではありません。装飾品として綺麗《きれい》だとは思いますが』

本心を口にすると、ラムジは驚きに目を見開いた。

『なんと。ダイヤだぞ？　金《きん》だぞ？　どちらも女が欲しいものじゃないのか。では、お前が今欲しいものはなんだ？』

心底不思議そうに尋ねられて、実優は答えに困ってしまう。

（私が今欲しいものってなんだろう……）

思えば、小さい頃から熱烈になにかを欲しがったことなどなかった気がする。

欲しいものを『欲しい』と口にするのは、とても罪悪感があるのだ。どうしてかはわからないけれど、ずっと口に出すのが怖かった。

幼少時はそれなりにオモチャやお人形が欲しかった気もするけれど、親に言えないまま成長して、いつしか実優は『欲しいもの』すら思いつかなくなってしまった。

自分を着飾る華やかなものは、似合わないからいらない。

生活するだけのお金が稼げたら充分だ。

自分は真面目に生きることしかできないから、余計なものを望むなんてできない。

(だって私が宝石や金の装飾を身につけたところで、笑われるのがオチだもの。私に似合うのは地味な服と眼鏡。それだけだ)

小学生から高校生まで、クラスメートに言われていた言葉を思い出す。

地味子。面白みがない。つまらない。真面目だけが取り柄の『真面目ちゃん』――

あれは事実だ。

実優は自覚している。自分は華やかとは対極にいる存在なのだと。だから、華美なものは遠ざけたい。似合わなすぎてみじめになるから近づきたくない。

しばらく考えた実優は、やがてポツリとラムジに言った。

『本……でしょうか』

『ほ、本だと？　見た目と同じくらい、ミウはつまらん女だな』

ハッキリ言われてグサッと心が傷つく。事実とわかっていても、他人に言われると結構なダメージを食らってしまう。

『まあ、そういう女をいろいろ教育して、私好みにするのも一興か』

ラムジはなにやらブツブツと呟く。不穏に感じる言葉の端々に実優が訝《いぶか》しんでいると、彼はジャラッと金の腕輪を鳴らして実優に顔を向けた。

『ところでミウ、お前は処女か？』

（――は？）

実優の額《ひたい》がピキッと青筋を張る。なにを言っているのだ、この男は。

『さっさと答えよ。お前はセックスの経験がないのか？』

なぜそんな質問に答える必要があるのだ。デリカシーがなさすぎて嫌になってしまう。女性に対して失礼どころではない。

まさか、本気で聞いているのか？　答えなくてはいけないのか？

実優が怒りに体を震わせていると、傍にいた侍従が厳《おごそ》かに口を出した。

「殿下の質問に答えろ。出し惜しみするようなものではないだろう」

これは侮辱だ。実優は予想だにしなかった辱《はずかし》めに唇を戦慄《わなな》かせながら、絞り出すような声で『はい』と答えた。

◆　◆　◆

ぐったりと、力なく会社のＩＣカードリーダーに社員証を当てて、退社する。

今日は文字通り、ラムジに振り回された一日だった。

遊園地でたっぷり遊び回ったあと、午後は相撲観戦がしたいと言い出したラムジに、実優はめまいがした。当日で、しかも昼からなんて、果たして当日券が取れるのか。しかしそこはラムジの侍従が外交筋のルートで無理矢理チケットを入手し、無事観戦することが可能となった。

営業部長が用意した高級料亭でラムジが昼食を取っている間、実優はずっと控え室で待たされた。おかげで昼食は食いっぱぐれている。

やがて、酒をたっぷり飲み、赤ら顔で出てきたラムジを連れて両国国技館《りょうごくこくぎかん》に向かったのだが、とにかく彼の姿はとても目立つ。宝石の指輪やネックレスをこれでもかと身につけているし、歩けばジャラジャラと金の腕輪が音を鳴らす。

これのどこが『お忍び』なんだと思ってしまうほど、ラムジは観客の視線を集めていたが、彼自身はこれっぽっちも気にしていないようだった。

セルデア人にとっては物珍しい相撲観戦を充分楽しんで、夕暮れになった頃、ようやく実優はラムジから解放された。

そして――今に至る。

「疲れた……」

口から出るのは疲労の言葉ばかり。ちなみに部長は、実優に文句を言われるのが嫌だったのか、早々に退社していた。間違いなく逃げに徹している。

ラムジとの取り引きを成功させることしか考えていない部長にはもうついて行けないし、すでに見切りをつけている。

深くため息をついてから、スマートフォンを取り出した。

ラトに『ボディーガードをする』と言われてから、実優は毎日、退社時にラトに連絡している。

彼とハシムが一緒に帰り道を歩いてくれるおかげか、実優のあとをつける気配はまったくなくなった。

アパートの鍵も、新しくしてからは鍵穴が傷だらけになることもなかった。

良かったと安心する一方で、『何もない』というのは、とても気兼ねするものだ。

実優は、毎日ラトたちを帰り道に付き合わせるのが申し訳ないと思うようになっていた。

でも、実優が『もう大丈夫だから結構です』と言っても、ラトは納得してくれない。

逆に『そういう油断が危険を招くんだよ』と言われてしまって、実優は彼に説得される形で、今も一緒にアパートまでついてきてもらっている。

スマートフォンでラトに『仕事が終わった』とメッセージを送ると、三分も経たないうちに『ＯＫ』と返ってくる。

そして五分ほど待つと、ラトとハシムが支社まで来てくれた。

「やあ、こんばんは。今日もお仕事お疲れ様だったね」

きらきらと輝く爽《さわ》やかな笑顔でラトが手を振る。

この人も今まで仕事をしていただろうに、いつも笑顔で疲労を感じさせない。ある意味すごい人なのかもしれないと思いつつ、実優も控えめに手を振る。

「毎日すみません。私は、もういいと思うんですけどね……」

「前にも言ったけど、君がそう思って私たちを遠ざけることが、相手側の狙いである可能性もあるんだよ。でも、こうやって護衛を続けていれば、必ず近いうちに向こうがしびれを切らして行動を起こすはずだ。その時のチャンスを逃《のが》してはいけないよ」

実優としては「大げさだなあ」と思うのだが、なぜかラトの言葉には説得力がある。それでついつい、彼の言うことを聞いてしまうのだ。

「ところで実優、今日はやけに疲れているように見えるけれど、そんなに仕事が大変だったのか？」

「あ、顔に出ていましたか？　実は仕事というよりも、ある人に振り回されていただけなんですけどね」

会社を出て、歩道を歩く。実優のアパートは、会社の最寄り駅から特急電車に乗って二駅目で降り、十分歩いた先にある。

駅に向かって歩きながら実優がぼやくと、ラトが興味を覚えたように、エメラルドの瞳を丸くした。

「ある人？　もしかして、ラムジ王子のことかな」

「あ、彼が来日してることはご存じでしたよね。そうなんですよ」

「同じ会社を視察してるからねえ。向こうは私のことなんて認識すらしてないだろうけど、私たちからしてみれば、彼ほど目立つ人間はいないからね」

「ラムジ王子はこの国でも我が物顔だね。同じセルデア人として謝らせてもらうよ。少しは遠慮を覚えてほしいものだ」

たっぷりしたお腹、横に広がった体型。歩けばうるさい金の腕輪、すべての指に嵌《は》められた大粒の宝石の指輪。

（ラムジは、母国でもあんな感じなんだろうな）

実優は少しだけラムジを心配してしまう。あれではさすがに、国民の心を掴《つか》むのは難しいのではないか。

（ラトはラムジのこと、どう思っているのかな）

聞いてみたら答えてくれるかもしれない。実優がそう思って尋ねようとすると、先にラトが問いかけてきた。

「それで、あのラムジ王子が君になにかしたのか？」

「あ、まあ、大したことじゃないといえば、そうなんですけど」

実優は頭を掻く。ラムジのことはごまかしておけばよかったかもしれない。自分の国の王子様を悪《あ》しざまに言われたら、さすがに嫌だろう。

なんと言ったらいいかわからず、実優が俯《うつむ》く。

すると、優しく手を握られた。顔を上げると、黒い夜空を背景に穏やかな表情をしたラトがいる。

「正直な話をさせてもらうと、セルデア国民はみんなあの王子に辟易《へきえき》しているんだ。務めもろくに果たさず贅沢《ぜいたく》三昧だからね。だから、セルデアの一国民として聞かせてほしい。私たちの『王子』は君に何をしたのかを」

「ラト……」

そこまで言われてしまったら、黙っているわけにもいかない。

セルデアにもいろいろと複雑な内情があるのかもしれない。

実優は今日あったことをかいつまんで説明した。

「とにかく、ラムジ王子に振り回された一日って感じでした。話してみると、無邪気な一面もあって、決して悪い人じゃないんだろうなって思うんですけど」

「あの王子を『悪い人じゃない』と言ってしまえる実優は、本当に心が広いねえ」

しみじみ言うラトに、実優は「そうですか?」と首を傾げた。

「可愛らしいところもありましたよ。私が英語を話せることを知ると本心で喜んでいましたし、遊園地で遊んだ時も、相撲観戦した時も、子供みたいに興奮してはしゃいでいました。ただ、セクハラまがいの質問には困りましたね」

「セクハラね……。それは、内容は聞かないでいたほうがいい?」

「そ、そうですね。ちょっと口に出すのは恥《は》ずかしいです」

処女かどうか聞かれたなんて、口に出すのも嫌だ。実優があの時の屈辱《くつじょく》を思い出して渋面《じゅうめん》になっていると、そんな実優をジッと見ていたラトが急に立ち止まった。

『さすがに、私を差し置いてデートをするのは許しがたいな』

英語でボソッと呟く。少し前を歩いていた実優が振り返ると、彼はニッコリと微笑んだ。

「実優、口直しをしてみたいと思わないか？」

「口直し……ですか？」

彼の言葉を繰り返すと、ラトは頷く。

「遊園地に相撲観戦。それはある意味、デートと言えるんじゃないかな？　だから、デートの口直しはいかがかなって」

「え!?　い、今から、ですか？」

「そう。私では役不足かもしれないが、精一杯、君を喜ばせてみせるよ。……というよりも、単純に腹も立っているからね」

実優は戸惑う。役不足なのはこちらのほうだ。それに、腹が立っているとはどういうことだろう。

すると、ラトは少し不機嫌そうな顔をして腕を組む。

「ラムジばかり実優を連れ回しているんだ。面白くないに決まっているだろう。君と食事をするのもデートをするのも、私が最初にしたかったんだ。なのに彼は自分の立場を利用して君を翻弄《ほんろう》している。悔しさここに極まれり、だよ」

「は、はあ」

食事もデートも、自分となんて楽しくないと思うのだが。

その時、ラトはじろりと実優を睨《にら》んだ。

「実優、君にキスをするよ?」

「ええっ、なぜいきなり!?」

ズサッと体を引かせると、彼はズイッと前に詰め寄る。

「今、自分なんかとデートをしてもつまらないだろうと、ネガティブなことを考えただろう。約束、忘れたかい?」

「あっ……!」

実優は慌てて口元を手で隠す。言葉にしたつもりはないのに、思考を読まれていた。

「ど、どうして」

「君の考えていることくらい、私には手に取るようにわかるよ。そして、私がこうと決めたら絶対に意見を曲げないことは——そろそろ理解しているだろうね?」

ニッコリ。

まるで天使のように綺麗《きれい》な笑顔だ。

しかし実優は硬直する。うしろでハシムは額《ひたい》を手で押さえてため息をつく。

(この人、穏やかそうに見えるけど、めちゃくちゃ我の強い人なのかも……)

優しいことに違いはないが、有無を言わせないところがある。

だが、ラトとデートだなんて絶対に釣り合わないだろう。間違いなく悪目立ちして、みじめな思いをするのは自分だ。

どうしても、たくさんのネガティブな気持ちが心の内から湧き上がる。

だが、ラトは尻込みする実優の手をぎゅっと掴《つか》んだ。

「君は綺麗《きれい》だ。私がそれを証明してみせよう」

目の前には美しいラト。夜でさえ輝くエメラルドの瞳に魅入られる。ドキドキと、今までにないほど胸の鼓動が高鳴っている。

「私が実優に魔法をかけてあげる。だから、今はあなたの時間を独占させてほしい」

それはまるで、映画のワンシーンみたいに。

ラトは流れるような仕草で実優の手の甲に口づけを落とした。

――こんな扱い、今までにされたことはなかった。

小さい頃からずっと地味で、存在感がなくて、華やかに着飾る女の子の陰に隠れていたから、男性に好意を寄せられることもなければ、甘い言葉をかけられることもなかった。

――でも、私は……本当の、私は……

ずっと心の奥底に隠していた実優の本音が、やっと少しだけ浮上したような気がした。その本音がなんなのか、自分自身でもはっきりと自覚はできていないけれど。

（ラトの魔法。また、かかってみたい……）

彼と初めて会った日。さらさらした春の風に乗って、桜と共に舞う一枚のスカーフ。

あれを掴《つか》んで、ラトと目を合わせた瞬間。平凡で無色透明だった実優の日常に、差し色が入った気がした。

桜が美しい薄紅色《うすべにいろ》を彩るように。

実優の心が淡く色づいたのだ。

「はい」

気づけば、口が勝手に答えを出していた。頭のどこかで断らなければと思っているのに、本能が先に動いたみたい。

ラトが嬉しそうに微笑む。桜の花はすでになく、青葉を茂らせる木は初夏の到来を知らせていた。

静かに風が吹いて、さらさらと葉が揺れる。

どこか夢を見ている気分な実優の手を引いて、ラトはいつもの最寄り駅ではなく、逆の方向に向かった。


……どこへ行くのだろう。

ラトにとっては異国の地であるはずなのに、その足は迷うことはない。

やがて到着したのは、実優が以前ラトと行ったことのあるトルコ料理のレストランの前だった。

彼はスマートフォンを取り出すと、話し始める。

『度々すまない。私だが、今から車を一台用意してほしい。目立ちたくないから、日本の普通車を希望する。場所は前回と同じレストランの前だ。それからセルデア系列のセレクトショップをひとつ開けてほしい』

英語で指示をしている。しかしどこに電話をかけているのだろう。もしかして、ラトの会社の人だろうか？

（どうしよう。他の人に迷惑をかけたくないな……）

実優はそう思って、ラトに呼びかける。

「あの、ラト。やっぱり今日はやめておきませんか。夜も遅いですし」

「問題ないよ。今のはクレジットカードのサービスのひとつだからね」

「ク、クレジットカードのサービス……？」

実優もクレジットカードを持っているが、車を用意するなんてサービスはもちろんない。

（外国にはそういうサービスもあるのかな）

なんとなく腑に落ちないが、ラトが言うのならそうなのだろう。

『ハシム、私たちはハイヤーに乗ったのち、セレクトショップで準備をするから、先にディナーの手筈《てはず》を整えてほしい。それから、ヘリの準備をお願いする』

そう英語で言って、ラトは黒いカードを渡す。ハシムはそれを受け取ると、頷いた。

『俺が行くまでセレクトショップから出るなよ』

『もちろんだ』

ふたりが会話を交わすと、ラトはニッと目を細めて微笑む。

その時、黒い車が近づいてきた。日本の中ではそれなりに流通している国内メーカーのハイブリッドカーだ。

車はレストランの前で停まって、運転席から現れた運転手が歩道側に回り、後部座席のドアをガチャリと開ける。

「さあ、行こう」

ラトが実優の手を引く。実優は戸惑いながら、おずおずと彼に続いた。

後部座席に乗り込むとドアが閉まる。ハシムが見送る中、車は走り出す。

実優の心に、もはやドキドキはない。むしろハラハラしていた。大丈夫なのか。自分はもしかして大変な選択をしてしまったのではないか。なんだか思っていたよりも事態が大がかりな局面に向かっているような気がしてならない。

(車はまあ、タクシーの代わりだと思えば変じゃないけど、セレクトショップってなに？　準備って、何を準備するの？　それからハシムさんにお願いしていたヘリの準備ってなんなの？　ヘリって、もしかしてヘリコプター？　まさかね！　でも、他にヘリって呼ぶ略語なんてあったかな)

頭の中でグルグル考えるも、まったく答えが出ない。やはりちゃんとラトに聞いておくべきだと、実優は顔を上げた。

しかし、ラトは忙しそうに電話をしている。英語だから実優も一応理解はできるのだが、あまりに早口で、セルデア語らしきものも混じっているからうまく聞き取れない。

しばらくすると、ようやく電話を終えたラトが実優に顔を向けて、優しく微笑んだ。

「もっとスマートに進めたかったんだけど、いろいろ慌ただしくて申し訳ないね」

「ぜ、ぜんぜんそんなことないですよ。ただ、なにをしているのかなって不安ですけど……」

自分の今の気持ちを正直に言うと、ラトは「ははっ」と笑った。

「それはあとのお楽しみに、って言いたいところだけど、君を不安がらせるのは本意じゃない。まずは食事をしたいんだ。それはわかるよね？」

「はい。夕ご飯ということですよね」

「そうそう。私も夕食はまだだからね。いい加減お腹が減ったよ。それで、ハシムにディナーの場所を取らせているんだけど、そこに行くには準備をしないといけない」

「準備……。ええ、セレクトショップがどうとか、言ってましたね。でも夕ご飯を食べるのに必要な準備ってなんですか？」

実優が首を傾げると、ラトが少し困った顔で腕を組む。

「私としては、君の今の姿も充分魅力的なんだけど、さすがにディナーに似つかわしい服とは言えない。それに、これはデートだよ。デートなら、それらしく装いたいじゃないか」

「言わんとしてることはわかりますけど、あの、つまりそれって、服を替えるってことですよね？

それなら一度帰って服を着替えるとか、他に方法が」

「だめだめ。時間は有限なんだ。この夜を最高に楽しむために、そんな時間は無駄ってものだよ。さあ、話している間に店に到着した。服は用意させてあるから、あとは着替えるだけだよ。行こう！」

ラトは実優の言葉を遮《さえぎ》り早口でまくしたてると、実優の手をぎゅっと握って車のドアを開けて外に出た。そのまま、目の前にある店にずんずん入っていく。

「ちょっ、待って、待ってください、早足で……っ！　って、ええっ!!　この店なに!?」

セレクトショップの自動扉が開く直前、実優はその建物を見上げて悲鳴を上げた。

なぜなら、実優でも知っている高級ブランドの看板が目に飛び込んできたからだ。

世界的にも有名で、セレブ御用達《ごようたし》とまで言われている。

歴史は老舗《しにせ》ブランドよりも浅いものの、ここ数年で頭角を現してきた新鋭のファッションブランドだ。

慌てふためく実優は、たたらを踏んで店の中に入る。すると——

「いらっしゃいませ」

その場に一列に並んだスタッフたちが一斉に挨拶《あいさつ》をする。

（ええっ、そ、総勢でお出迎え!?　ど、どうして！）

高級ブランドというのはここまでサービス精神が旺盛なのか。いや、それにしては、かなりやり過ぎな気がしてならない。まるで王様クラスのＶＩＰを迎えるような待遇だ。

「この度は、当店にお越しくださいましてありがとうございます。まさかあなた様まで日本にいらしているとは知らず、このようにスタッフも全員揃えることができませんでした。中途半端な対応になってしまって、大変申し訳ございません」

ブランドショップの代表らしき男性が恐縮しきった様子でラトに頭を下げる。

ラトは気さくな様子で「顔を上げてください」と言った。

「来日の件を伝えなかったのは私の意思ですから、気に病む必要はありません。こちらこそ、閉店時間を過ぎているにもかかわらず、ここまでのもてなしを用意してくださってありがとうございます」

穏やかな口調で話すラトに、男性はホッと安堵《あんど》したように相好《そうごう》を崩した。

それに反して心中穏やかでないのは実優である。

（な、なんなの、まったく事態についていけない！　どうしてみんな、ラトに傅《かしず》いているの？　いえ、もしかすると、これがこの店の接客姿勢ってこと？）

ラトのみならず、どんな客でもＶＩＰ待遇で対応するとか、そういうコンセプトなのかもしれない。頭のどこかで「そんなわけないだろう」とツッコミを入れる自分がいるけれど、それ意外に理由が考えつかない。

「さて、挨拶《あいさつ》もいいけど、時間がないからさっそく支度をお願いしたい。こちらが件《くだん》のレディ、実優だ」

ラトがうしろで縮こまっていた実優の手を引っ張って、前に突き出す。

「え、え、あの、えっ」

待って、待ってほしい。せめて紹介の前に十秒欲しかった。心を落ち着かせるために深呼吸をしたかった。

実優が混乱しているうちに、ラトがうしろからガシッと肩を掴《つか》む。

「それじゃあ、しばしのお別れだ。私も用意をしてくるからね。着飾った君の姿を楽しみにしているよ」

軽くウィンクをしたラトは、スタッフの先導で奥の部屋に移動していく。

「えっ、ちょっ……」

実優が唖然としていると、女性スタッフがススス と近づいてきた。

「では、実優様、こちらにどうぞ」

(み、実優様って……様!?)

いまだかつてそんな呼ばれ方をされたことがなかった実優は、驚きに目を剥く。

油断したら白目になって口から泡を吹いてしまいそうだ。実優はフラフラした足取りで女性スタッフの後を追う。

通されたのは、セレクトショップの奥にあるフィッティングルームだ。

しかし、実優の知っているフィッティングルームよりも十倍は広い。部屋の一面はすべて鏡になっており、反対側にはメイクスペースがあった。

「あちらのクローゼットに、お召し物を用意してございます。お着替えが終わりましたらお呼びください」

フィッティングルームの入り口で呆然と立ち尽くす実優にそう言って、女性スタッフはパタンと扉を閉めてしまった。

「……え？」

ひとり残された実優は、虚空《こくう》に向かって首を傾げる。同時に眼鏡がカクッと下にずれた。

いったいなにが起きているのだ。大事件なのは間違いないが、まったくこの事態について行けない。わかっているのは、クローゼットに服が用意してあるということと、自分がそれに着替えなければならないということだ。

「う、うん。まずは、服を見なきゃね」

ここで立ち尽くしても仕方がない。どうやら閉店した後、このためにふたたび店を開いたようだし、スタッフにこれ以上迷惑をかけるわけにはいかない。

「閉店後にまた店を開かせるとかそんなの可能なの？　とかいろいろ考えちゃうけど、とりあえず考えない考えない……。服、服さえ着たらいいんだから。ってなにこの服ー!?」

実優は思わず素っ頓狂な声を上げてしまった。

なぜなら、クローゼットの中に入っていた服は、ドレスだったのだ。

半袖《はんそで》の部分がフリルになったシルクのマーメイドドレス。上部は純白で、下に向かうにつれ、薄《うす》紅色《べにいろ》のグラデーションになっている。そして腰から斜めに向かって桜の刺繍《ししゅう》が施されていて、裾《すそ》はゆったりしたドレープになっている。

「結婚式のお呼ばれ服みたい……って、こんな服で結婚式に行ったら絶対だめだね」

おそるおそるドレスに触れてみると、さらさらしたシルクの手触りが気持ちいい。それはともかく、こんな豪華なドレスで友達の結婚式に出席したら、どっちが花嫁だと怒られてしまうだろう。

「えっと……、これ、着るの？　私が？」

手触りのよいシルクを撫《な》でつつ、ぼんやり呟く。だんだん現実感が湧いてきて、実優はビャッとうしろに体を引くと、ブルブルと首を横に振った。

「む、無理無理無理無理！　こんな体の線がはっきりわかるような服、恥《は》ずかしいし、似合わない！あ、コルセット発見。よかった、これでポッコリお腹が隠せるかも〜ってそういう問題じゃないし！」

実優はガタガタ震えながら、ドレスとフィッティングルームのドアを交互に見る。

やっぱり無理ですって言ったほうがいいのではないか。

せめて服を選ばせて頂くことはできないだろうか。

……いや、そんなワガママは言えない。となれば、実優に与えられた選択肢は、着るか着ないかなのだ。

ぐっと歯を噛みしめ、実優は自分の身の丈に合わないドレスを見つめる。

似合わない。絶対似合わない。豪華なドレスを着せられた自分の姿を見て絶望するだけ。みじめになって、逃げたくなるだけ。

だから着ない選択をしよう。ラトにはごめんなさいと謝って、ここのスタッフにも謝って、デートはお断りして……

実優はぐるぐる考える。だが、同時に虚しくなった。

自分なんてどうせ、と卑下《ひげ》し続けて、真面目しか取り柄がないからと、華やかなものすべてから逃げて。自分はずっとそうやって逃げ続けるのか。——一生？

「……うぅ」

それはあまりに恰好悪い。また、ここまで用意してくれたラトにも失礼だ。

実優は目を瞑ってたっぷり三分間悩んだあと、クワッと目を見開く。

「わかったわよ！　着てやるわ！　どうせ似合わないんだし、むしろあまりの似合わなさにビックリ仰天すればいいのよ」

なかばヤケになって、実優はむんずとコルセットを掴《つか》む。

似合わないと思いながらもなんとかドレスを着終わったら、次にスタッフは戸惑う実優を椅子に座らせて、問答無用でメイクを始める。さらには眼科医まで現れて、実優は生まれて初めてコンタクトレンズを処方された。

そしてあれよあれよとメガネを外され、コンタクトレンズを装着して――

すべての準備が終わったあと、ニコニコ笑顔のスタッフに鏡を見せられた。

「……え？」

実優はぽかんと、自分の顔を見つめた。

これは、誰？　目の前に、知らない女性がいる。

「とてもお綺麗《きれい》ですよ！」

「眼鏡はケースに入れて、お洋服と一緒にしておきますね。本当にドレスがお似合いです」

周りの女性スタッフが笑顔で褒めてくれる中、実優は完全に言葉を失い、ただただ鏡を見ていた。

いつもうしろにひっつめてバレッタで留めているだけのセミロングは下ろされて、サイドの髪を編み込みしてうしろで留めるという髪型に変えられている。毛先はヘアアイロンでふんわりと軽くウェーブにされていた。

メイクをされている間は厚化粧と思っていたが、まったくそんなことはなく、控えめだ。しかし、今まで無難《ぶなん》なブラウンやベージュばかり選んでいたアイメイクは、ドレスの色と合わせて仄かな薄《うす》紅色《べにいろ》とオレンジのグラデーションが施されている。

初めて入れたチークはほんのり色づく程度。しかし、それだけでもずいぶん顔が明るい印象に変わった。リップグロスはピンクベージュで、品のよい艶めきがある。

そして何よりも、眼鏡を外してコンタクトレンズにしたのが大きかった。

「私、こんな顔、してたんだ」

小学生の頃から眼鏡をかけていたから、知らなかった。

裸眼ではすべての情景がぼやけているから、自分の顔をまともに見ることもなかった。

どこか夢うつつの実優は、スタッフに連れられてフィッティングルームから出る。ラインパールが美しい白いパンプスに足を入れて、ゆっくりと、ブティックの店内に戻る。

するとそこには、地味な黒っぽいビジネススーツから装いを変えて、少し光沢のあるグレーのスリーピース姿になったラトが待っていた。

きらりと光るラペルピンに、深紅色《しんくいろ》のポケットチーフという気取った恰好も、ラトには驚くほど似合っていて、まるで彼は王子様だった。

実優は思わず足を止めてしまう。やっぱり彼は素敵だ。急に距離を感じ、やっぱり自分の恰好は変じゃないかと尻込みしてしまい、なかなか次の一歩が踏み出せない。

その時、ラトがこちらに振り向く。

ぱちっとしっかり目が合ってしまって、実優は恥《は》ずかしさに俯《うつむ》いた。

「あ、あの、あの……私、こ、このドレスは、その」

「実優！　ああ、なんて綺麗《きれい》なんだ。やっぱり君には薄紅色《うすべにいろ》がとても似合う。その髪型もとても可愛らしいよ」

ラトは満面の笑みで実優のもとに走ってきた。そして問答無用で両手を握りしめてくる。

「えっ、そ、そうですか。本当に、似合って、ます、か？」

「当たり前だよ。あまりに似合いすぎていて、このままセルデアに連れて帰りたいくらいだ」

感極まった様子でそう言うと、彼はそっと実優の頬に触れた。

「眼鏡の君も魅力的だけど、眼鏡のない君も素敵だね。――うん、でも次は眼鏡に似合うドレスを探そう。今から楽しみだね」

「えっ、ちょっと、次のドレスなんていいですから……！」

慌てて言うも、ラトは聞いていない。実優の手を引いて歩き、店内にあるソファに座らせた。

「実は、これを君に飾りたくて、セルデアがスポンサーのセレクトショップを選んだんだ」

実優の隣に座ったラトが、長細いジュエリーケースを取り出す。ふたを開けると――、そこには大粒のエメラルドを中心に、小粒のダイヤモンドで縁取《ふちど》られた美しいネックレスが入っていた。

「ごくわずかだけど、セルデアでもエメラルドは採れる」

そう言って、ラトはネックレスを摘まみ上げると、実優の首に触れる。留め金をつけて、ニッコリと微笑んだ。

「セルデア産のエメラルドは、ベルベットのような深みのある翠色《みどりいろ》が特徴でね。ダイヤの輝きにも負けない美しさを持っている。――ああ、やっぱり君は、セルデアの宝石が似合うよ」

うっとりと、まるで宝石を愛でるように、ラトは実優を見つめた。

スタッフが気を利かせて鏡を持ってきてくれる。鏡に映る自分の首には、碧《あお》と翠《みどり》が混ざり合ったような不思議な色合いのエメラルドが、ダイヤモンドで囲まれた豪奢な台座に嵌《は》まっていた。

「綺麗《きれい》……」

ぽつりと呟く。そのエメラルドは、ラトの瞳みたいに美しかった。

ラトはぼうっと鏡を眺める実優に、優しく言葉をかける。

「今の君は世界一美しい。私が保証するよ。さあ、今宵のひとときを存分に楽しもう」

立ち上がって、軽く肘《ひじ》を曲げて腕を傾ける。

実優は立ち上がると、おずおずと、彼の肘《ひじ》に手をかけた。

すると、ちょうどのタイミングでハシムが店に入ってくる。

「ああ、ハシム。ディナーの準備は終わった？」

ラトの問いかけに、彼は黙って頷く。その後、彼の隣に立つ実優に視線を向けて——

驚愕の表情で、その場に立ち尽くした。

「な、あ、……あ」

言葉にならない言葉を呟く。その顔はなにか恐ろしいものを見たような感じで、実優はたちまち怖くなり、ラトのうしろに隠れて俯《うつむ》いてしまった。

「ああもう、だめだよハシム。そんなに怖い顔をするから、実優がすっかり怯えてしまったじゃないか」

よしよしと、ラトは実優の頭を優しく撫《な》でた。

「実優、ハシムはね、あまりにも君が綺麗《きれい》だから、驚いているんだよ」

「そ、そうなんですか？」

「ハシムはあの通りの堅物だからね。素直に『綺麗《きれい》だ』って言えばいいのに、口下手だから、うまく言葉が出てこないんだ」

ラトがおどけたように笑う。実優がおそるおそるハシムを見ると、彼は困ったように頭のうしろを掻いて、ゴホンと咳払いをした。

「あなたは、美しい、です。驚き、ました」

カタコトの日本語で話すハシム。実優はホッと安堵《あんど》する。

(よかった。少なくとも、おかしいとは思われてないみたい)

ラトは普段から実優に甘い言葉ばかりかけているので、いまひとつ彼の言葉は本気か冗談かわからないところがあるけれど、それに比べてハシムは誠実な感じがする。

「では、改めてディナーに行こうか。もう空腹でフラフラだよ」

ラトは実優をエスコートしながら店を出た。すると目の前の道路には、先ほど降りたばかりのハイヤーが待機していた。

『ちなみに、ディナーはどこを選んだんだ？』

車に乗り込みながら、ラトがハシムに英語で尋ねる。

『この店と同じく、セルデア系列のホテルにした』

助手席に座ったハシムが短く答える。ラトは満足そうに頷いた。

『それなら、確実だね』

ふたりの会話は理解できるが、どうにも内容がよくわからない。やけに『セルデア系列』の場所に拘《こだわ》っているのは、そこが彼らの母国だからだろうか。

実優がなんとなくふたりを眺めていると、ハイヤーは次の目的地に到着した。

車から降りた実優はぽかんと口を開けて、件《くだん》のホテルを見上げる。

「……このホテルって、名前だけ聞いたことがあります。確か五つ星ホテルで、一泊のお値段がものすごくお高いところですよね？」

いわゆるリゾートホテルだ。外資系企業が運営しており、世界中にその名を持つホテルを展開している。

「まさかとは思いますけど、このホテルの運営は……」

「そう、セルデアの企業だよ。王族が出資している会社のひとつだ。このホテルは、セルデア王族の資産とも言えるね」

「王族が、ホテルの運営企業に出資しているんですか？　その、王族とか、そういう立場の人は、てっきり税金で生活しているのだとばかり思っていました」

実優がそう言うと、ラトは「ははは」と軽く笑う。

「そういう国もあるけれどね。セルデア王室は、主要鉱山やリゾート地を資産として保有しており、様々な企業にも出資しているんだ。王族の生活費は、その利益から捻出されているんだよ。他にも、病院や学校を建設したり、国民が安価でサービスを受けられるように寄付したりと、王室から生まれる利益は国の様々なことに使われるんだ」

「へえ～！　勉強になります……！」

実優は感心して頷いた。

「それにしても、ラトはセルデア王室についてずいぶん詳しいんですね」

「……これくらいは、セルデア国民なら子供でも知っている常識だからね」

なるほど、と納得する。王族が自《みずか》ら資金運用して利益を増やし、国を豊かにしていくのだ。それは日本では考えられないからこそ、セルデアは面白い国だな、と思う。

「さて、長話はここまでにして、ホテルに入ろう。コックが首を長くして待っているだろうからね」

ラトはニコニコと笑顔でそう言って、実優をエスコートしながらホテルに入っていく。

（まさかここでも熱烈歓迎されたりして……。なんて、さすがにリゾートホテルで、あるわけないよね）

しかし、実優の予想は的中することになる。

ラトがフロントに足を踏み入れた途端、ズラッと並んだスタッフが一斉に「ようこそいらっしゃいませ！」と挨拶《あいさつ》したのだ。

（や、やっぱり……）

実優は心底戸惑った。どうしてこうも、行く先々でラトが歓迎されるのだ。さすがにおかしい。だって、普通のホテルはこんな歓迎はしないはずだ。

「……できるだけ控えめに出迎えてほしいと言ったんだけど、日本人は真面目な気質というか、少し融通が利かないところがあるよね」

さすがにラトも面食らったようだ。困った顔で実優に笑いかける。そしてコホンと咳払いをすると、ホテルの責任者らしき男性に話しかけた。

「今日は客としてくつろぎに来ただけなので、あまり肩肘《かたひじ》を張らないでください。ハシム、準備したレストランに案内してくれ」

ラトがそう言うと、ハシムは黙ったまま前を歩き出した。彼に先導され、ラトと実優も続く。ようやくホテル全体に漂っていた緊張感のような空気が解かれ、みんなはラトに向かって会釈《えしゃく》しながら、あちこち自分の仕事に戻って行った。

「あの、ラト？　ひとつ聞きたいんですけど」

「なにかな」

「あなたは、先ほどのセレクトショップや、このホテルの、関係者なんですか？」

ずっと感じていた疑問を口にすると、ラトはフッと口の端を上げて、実優を見つめた。

「関係者と言われたらそうかもしれない。でも、縁は薄いものだよ。きっと日本人が義理堅い性格をしているから、私のような下っ端社員にも気を遣ってくれるんだろうね」

困ったものだ、とラトは笑った。

彼の答えはわかりづらかったけれど、もしかすると遠い親戚がこのホテルやセレクトショップの関係者なのかもしれない。それなら、納得はできる。

ハシムに案内されて向かったのは、ホテルの最上階だった。壁一面がすべて窓になっているスカイラウンジ。店の前には『RESERVED《リザーブド》』と記された立て札があり、『関係者以外の立ち入りはご遠慮ください』と日本語で注意書きがされていた。

(リザーブ……予約ってこと？　どういうことだろう)

実優は慌ててハシムを呼び止める。

「ちょっと待ってください。ここに、立ち入りはご遠慮くださいと、立て札がありますよ」

するとハシムは、少し困った表情を見せたあと、ラトに視線を送った。

「このスカイラウンジは、私が貸し切りにしてもらったから問題ないよ」

あっさりした口調で、ラトが説明する。しかし実優は目を見開いて驚愕した。

「か、かし、きり……ですって!?」

「そう。君とゆっくり食事を楽しみたかったからね」

豪奢なシャンデリア、ふかふかの絨毯《じゅうたん》。余裕のある距離感で設置された客席。全面の窓から見える、目が醒《さ》めるほどの美しい夜景。

——自分たちの他に、ひとりも客がいない。

ラウンジの前にあった『RESERVED《リザーブド》』の立て札の意味を、ようやく理解する。ラウンジをまるごとラトが〝予約した〟ということなのだ。

「な、なんということ……！」

実優はくらくらとめまいがした。おかしい。これはやっぱりおかしい。

まるでお姫様のようなドレス。美しいエメラルドとダイヤモンドのネックレス。

あまりに現実離れしていたせいか、すっかり失念していたが、こんな大粒の宝石がふんだんにあしらわれたアクセサリーなど、価値はどれほどのものなのか。

また、リゾートホテルのスカイラウンジを貸し切るなんてこと、いったいどれだけのお金を支払えば可能になるのか。

実優にはまったく想像がつかない。ただ、気が遠くなるような莫大なお金が動いているのは自明の理だった。

「あ、あの、あの、わ、私」

帰らなきゃ。今すぐに。自分はここにいて良い人間じゃない。

体がガタガタ震えて、唇が戦慄《わなな》いて、実優は完全に怖じ気づいてしまった。

セルデアは豊かな国だと聞いているけれど、さすがに『下っ端社員』は、こんなこと、できるわけがない。それならラトは何者なのだ。

急に目の前にいるエメラルドの瞳を持つ男が怖くなって、実優は後ずさりをする。

「実優？」

ラトが不思議そうに首を傾げた。

「どうしたの？　震えているよ」

「わ、私、その、違うんです。だってこんな、宝石とか、素敵なラウンジとか、そんなお金ないし、こんなのつけちゃだめだったのに、私、ぼうっとしてて……！」

自分でもなにを言っているかわからない。頭は完全に混乱している。

ラトも、実優の様子に困惑しているようだ。実優は急激に恥《は》ずかしくなって俯《うつむ》き、ぎゅっと手を握る。首につけたエメラルドのネックレスが、とても――恐ろしくなった。

だから実優は、ぱっと首のうしろに手をかけて、ネックレスを外そうとした。

「わっ、本当にどうしたの？　髪が乱れてしまうよ」

「そんなのどうだっていいです。これ、これは、お返しします。絶対高価なものですし、わ、私なんかに似合わないから――」

そう言った途端、驚きに目を見開く。

唇に当たる、柔《やわ》らかい感触。

ラトの顔が、いつになく、近い。

「――んっ……！」

ネックレスを外そうとした両手は彼に握られ、唇は彼の唇で塞《ふさ》がれて。

（わ、私、キス、してる……!?）

人生で初めてのキスは、驚愕に満ちていた。

ラトのキスは長く、なかなか離れてくれない。彼は一度顔の角度を変えて、口づけた。

怖かった気持ちが徐々に溶かされ、代わりにドキドキと心臓が高鳴っていく。

ラトから、上品な香水の香りがした。うっとりとするほど甘い、心が蕩《とろ》けそうな匂い。

少し息がしづらくて、実優の顔が熱を帯びていく。頭の中がぼんやりして、少しずつ、頑《かたく》なだった体が弛緩《しかん》し、手の震えが止まった。

最後にちゅっと小さなリップ音を鳴らして、ゆっくりとラトが唇を外す。

「いけない子だ。キスをすると言っただろう」

「あ……」

そうだ。自分のことをネガティブに言ったら幸せをあげると――

働かない頭で思い出す実優の頬を、ラトが優しく撫《な》でる。

「宝石の価値なんて、君という存在の前では無価値にも等しい」

エメラルドの瞳を妖艶《ようえん》に細めて、実優の唇に親指で触れた。

「世界が経済で回っている以上、金銭価値の重要度は私も理解している。たしかに、君の首元につけられている宝石は、世のコレクターが見たら目の色を変えて大枚をはたく一品なのだろう」

そう言って、ラトは「だが」と付け加えた。

「そんな世俗が決める価値に私は興味がない。宝石はね、人を選ぶんだ。真にふさわしい人間が身につけてこそ、本来の輝きを放つものだ。それ以外の者がどんなにきらびやかに宝石で身を飾ろうとも、それはただの富の証明に過ぎない」

ラトはゆっくりと、実優の首元で輝くネックレスのチェーンを、人差し指でなぞった。

ぞくぞくと体が震えて、不思議な恍惚感《こうこつかん》が体中を駆け巡る。

そして最後に、ダイヤモンドで縁《ふち》取《ど》りされたエメラルドのペンダントトップを、指にかけて軽く持ち上げる。

「この宝石は実優にしか似合わない。私がそう決めたのだから、この宝石は実優が身につけてこそ価値があるんだ。私が気に入った宝石を、どうか無価値にしないでほしい」

顔が、茹でだこになりそうだ。頭から湯気が立ち上って、ぐらぐらにのぼせてしまう。

実優はいまだかつてないほど照れて、思わず目を瞑ってしまう。

すると、ふたたび唇に軽くキスをされた。

「実優、私の言っていることが、わかった？」

甘い声で問われて、実優はコクコクと頷く。

「いい子だ」

まるで小さい子供を褒めるように、ラトは実優を抱きしめて、ぽんぽんと背中を叩く。

「少しは落ち着いた？」

「は、はい。すみません……。私、こんな風にされるのが初めてだから、どうしたらいいかわからなくなってしまって」

ラトにエスコートされて、ゆったりした広いソファ席に座ると、隣に腰掛けたラトが「ははっ」と軽く笑った。

「いろいろ驚かせたみたいでごめんね。君に夢中になりすぎて、私も加減ができなかったみたいだ。日本の男性は、女性に宝石を贈ったり、ホテルのスカイラウンジでディナーはしないのかな？」

「いえ、すると……思いますよ？」

何かの記念にジュエリーやアクセサリーをプレゼントすることもあるだろうし、素敵なホテルのラウンジでディナーを楽しむこともするだろう。

（ただ、こんなにすごいネックレスではないだろうし、スカイラウンジをまるごと貸し切るなんてまねはしないと思うけど……）

つまり、ラトは何をやるにしてもスケールが大きすぎるのだ。これも外国人特有なのだろうか。いや、そうだとしても、圧倒的な経済力がなければ実行不可能なことばかりなのだけど。

（ラトっていったい何者なんだろう。本当にセルデア企業の社員なのかな？　でも、ハシムさんも同じ会社の部下みたいだし……）

名刺に記載されていた会社は実在する企業だ。だから、ふたりが会社員であることは間違いないはずなのだ。

しかし、それだけにしては、ラトの羽振りが良すぎるというか……どうしてもそこが、腑に落ちない。

ラトに対してはもう、怖いという感情はなくなった。けれども彼の謎が解けたわけではなく、実優は難しい顔をして考え込んでしまう。

その時、テーブルに食前酒とオードブルが運ばれてきた。

「さあ、乾杯しよう。私たちの運命の出会いにね」

「お、大げさですね」

グラスを持つラトに苦笑して、実優もグラスを持つ。ラトは美しい翠《みどり》の瞳を優しく細めた。シャンデリアの照明に反射してきらきらと光る。

「私にとっては、君は運命の人だよ」

「そういうことばかり言っていると、そのうちうしろから女の人に刺されますよ」

「君にしか言わないから問題ない。――乾杯」

お互いに軽くグラスを掲げる。こくりとシャンパンを飲み込むと、しゅわしゅわとはじける炭酸に舌がしびれ、みずみずしく甘酸っぱいブドウの香りがさらさらと喉を通った。

「はあ……、美味《おい》しいです」

「うん、爽《さわ》やかな口当たりで飲みやすいね」

ラトも食前酒のシャンパンは気に入ったようだ。

オードブルはどれも美味《おい》しそうで、実優はどれから食べようかと悩んでしまった。

その様子を見て、ラトがくすくす笑う。

「実優は食事をしている時が一番真面目かもしれないね」

「ど、どういう意味ですか。私、そんなに食い意地張ってますか？」

「いや、そうじゃないよ。ただ、いつも食事と真剣に向き合っているなって思ったんだ。それは人として素敵なことだと私は思うよ」

取り皿に一口分のステーキを載せて、ラトが穏やかに微笑む。

「ものを食べるという行為は、最も原始的な本能のひとつだ。当たり前すぎておざなりになりがちな行動に、君はいつも正面から向き合ってきちんと味わっている。その日常はとても丁寧に見えて、私は尊敬にも似た気持ちを抱いていたんだよ」

まっすぐに視線を合わせて、静かな口調で話すラトの言葉に、実優は恥《は》ずかしくなって目をそらしてしまった。

「そ、それは言い過ぎです。私は、単にどれも美味《おい》しそうだからどれを食べようかなって迷っていただけですよ」

「ふふ、そうやって真剣に考えるところが可愛いんだよ」

しばらくの間、実優とラトは、目の前に広がる美しい夜景を独占しながら、素敵な料理と酒に舌鼓を打つ。

そして実優のお腹が満たされて、心地良い酩酊《めいてい》を感じ始めた頃、いつの間にか気配を消していたハシムがどこからともなくやってきて、ラトに耳打ちした。

「わかった、ありがとう。準備が終わったようだから、そろそろ行こうか」

「い、行くって、どこにですか？」

立ち上がったラトが手を伸ばすと、実優は戸惑いながら彼の手を取る。

「最初に説明しただろう？　ディナーのあとは、ヘリに乗るとね」

「ああ言ってましたね。ヘリって。……ヘリ……ヘリィ!?」

ほろ酔いもぶっ飛んで、実優が素っ頓狂な声を上げる。ラトが「そうだよ」と事も無げに言った。

「このスカイラウンジでも東京の夜景は楽しめるけど、どうしても一方向からしか見ることができないからね。やっぱり空を移動しながら、様々な夜景を見てみたいじゃないか」

ニコニコしながら言うが、実優はぱくぱくと口を開け閉めするだけだ。

思えば今日、ラトから『口直しデート』に誘われて、たくさん、非日常的な体験をしたような気がする。だが、ここにきてヘリだ。そろそろ実優のキャパシティは限界を超えてしまう。

「へりって、もしかして、へりこぷたーのことですか……？」

「あはは、なんか棒読みだね。他にヘリなんてないと思うけど」

そう言って、ラトは実優の手を引いたまま、小走りで移動し始める。ヘリと言うが、いったいどこから乗るのだろう。

ラトはエレベーターに入った。そして懐《ふところ》からカードを取り出すと、階数ボタンの上にあるスキャナーにピッと通す。

「これは、プライベート専用のヘリポート、つまり屋上階に行くためのカードだよ」

「な、なるほど……って、ということは、ヘリって、ここから飛ぶんですか!?」

「そうだよ。そのためにこのホテルの手配をハシムにお願いしていたんだ」

どうしてラトは、こうもすごいことをなんてことなさそうに言うのだろう。実優はもう現実についていけなくて、あわあわしているというのに。

そして、エレベーターが屋上に到着し、重々しい音を立てて開く。

ロビーを出ると、地上よりも近い夜空の下、強烈な風が実優たちを出迎えた。

目の前には大きなヘリコプター。ヘルメットを被ったパイロットが、ラトに会釈《えしゃく》する。

「ようこそいらっしゃいました。いつでも飛べますよ」

「ありがとう。それじゃあ、しばし空の遊覧としゃれこもうか」

いっそこのまま逃げてしまいたいが、そういうわけにもいかない。少なくとも、ドレスとネックレスをお返ししなければ。

（ああ、だけど、まさか空を飛ぶことになるなんて。心の準備がまったくできてないっていうか、座席にはシートベルトとかあるのかな？　パイロットみたいにヘルメットを被るのかな？　とにかく安全第一で、万が一のパラシュートの場所も把握《はあく》して――）

「わっ、待って、待ってください！　まだ覚悟が！　きゃーっ！」

いろいろ考えていた実優の手を取って、ラトがずんずんヘリに搭乗する。

そして、実優が慌てふためくのをよそに、無情にもヘリは、セレブ感満載な遊覧飛行を始めたのである――

幕間　恋の自覚は溺死にも似て

刻一刻と、事態は悪くなっている。

ハシムはホテルの一室でノートパソコンを開き、セルデアで働く部下とチャットで会話しながら、指でこめかみを押さえた。

(事態。それはセルデアの事態か、それともラトの事態か)

少し考えて、両方だな、と思い直した。

それにしても、先日のラトの奇行――実優とラトがデートをした日は大変だった。

実優には紳士的な態度を取っていたが、幼少時からラトを知るハシムは内心気が気でなかった。

ラムジが実優を連れて遊園地や相撲観戦を楽しんだこと。

それは間違いなくラトの怒りを買った。もはや怒りの大安売りかというくらいに、ラトはあの時怒り狂っていたのだ。

彼が金に糸目を付けず、セレクトショップやホテルのラウンジを貸し切り、ヘリまでチャーターしたのはそのせいである。実優の記憶にあるラムジとの時間を贅沢《ぜいたく》と夢見心地で流しきり、甘く愛を語って、ラトという存在を常に実優の目の前に置く。

よそ見を許さない。他の男との記憶も残さない。

ハシムは割と本気で実優に同情している。あんな男に気に入られて、可哀想にと心から思っている。

いくら顔がよくて裕福な男でも、あそこまで執着心が強くては、束縛も同然だ。

今のところは本来の目的もあるため、なんとか理性で抑えている部分があるものの、逆に言えば、目的を達成したらラトの歯止めはきかなくなってしまう。

（その時、俺はちゃんとラトを諫《いさ》められるだろうか。……いや、できない気がする）

恋に落ちたラトなんて初めて見たから、行動の予想がつかない。

いざ実優を手に入れた時に、ラトがどんな束縛をするのか想像もできない。

（監禁……とまではいかないと思いたいが、軟禁はしそうだな……）

それこそ、セルデアの地に広大な庭園つきの離宮でも建てて、すっかり隠してしまいそうである。

願わくは、ラトの本性を知らないままでいてほしい。まあ、ラトも実優に嫌われたくないだろうから、自《みずか》ら隠すだろうが。

『はあ』

気苦労が絶えない。この国には温泉の文化があり、心身共にゆったりできるらしいから、是非、その温泉に入ってみたいものだとハシムは思った。

『ハシム。セルデアから連絡が来たのか？』

うしろから声をかけられて、ハシムは振り返る。

『ああ。状況報告をしていた。向こうは向こうで妨害に遭っていて、動きにくいようだ』

『まあ、スポンサー様が外出中に何かあっては大変だからね。それで、状況は？』

実優に見せるものとは違う、酷く醒《さ》めた目をしたラトがソファに座った。

『「箱庭」の建設が終わったようだ。そして、続々と外国人が参入している』

『それだけの情報では要領を得ないな。その外国人に特徴はないのか？』

『外科医が何人かいるようだ。一時的に雇ったのだろう。それから、きな臭い連中もいる』

『なるほどな。つまり「傭兵」か』

聡《さと》いラトはすぐに思い当たったらしい。ハシムは頷く。

『箱庭の警備として、高値で雇ったのだろう』

『侵入ではなく脱走に備えて、ということか。そのためにプロまで雇うとは、あの男は本当に例の計画を実行に移すのだろう』

ラトはため息をつき、腕を組む。

ハシムはミニキッチンでコーヒーを淹《い》れ始めた。

『実優は、やはり、選ばれたのだろうか』

コーヒーフィルターに湯を注ぎながら独り言のように呟くハシムに、ラトは『ああ』と間髪《かんはつ》容れずに頷く。

『間違いない。近いうちにラムジも本格的に動き出すだろう。逆に言えば、その時が尻尾をつかむチャンスということだ』

『……そうか』

ハシムは静かに相づちを打ちながら、コーヒーを淹《い》れ終える。ふたつのカップのうち、ひとつをラトの前に置いた。

ラトはいつになく辛そうな顔をしていて、両手を組んで額《ひたい》に当てている。

その姿はまるで懺悔《ざんげ》だった。神に許しを請うかのように硬く目をつむっている。

『自分が、こんなにもエゴの塊だったとはね』

温かいコーヒーを前に、ラトはゆっくり目を開いた。どこか自嘲めいた雰囲気で笑い、コーヒーカップを手に取る。

『真に実優の身を案じているのなら、今すぐ彼女にすべてを話して、どこか安全な場所に隠してしまえばいい。だが、どうしてもできないんだ。結局のところ、私は彼女を利用したいだけで真に愛していないのかもしれない。そう思うと、無性に自分自身を殺したくなる』

本気で悔しがっているのだろう。殺気すらみなぎらせて、ラトは自分をなじった。

ハシムは『落ち着け』と言って、彼の向かいのソファに座った。

『現状のセルデアに彼女を連れ帰るわけにはいかない。――だからこそ、我々は今、足掻いているのだろう？』

ずず、とコーヒーを飲む。

今のセルデアはこの国ほど平和ではない。一見平穏であるのだが、裏では醜い権力争いが繰り広げられているのだ。

ラトとハシムは、その争いに終止符を打つため、動いている。

『そう、だな』

幾分か落ち着きを取り戻し、ラトもコーヒーを飲んだ。

『ところで、これは一応の確認なんだが』

ずっと、とあることを懸念していたハシムは、この機会にと尋ねてみる。コーヒーを味わっていたラトは顔を上げた。

『彼女のこと、本気なのか』

そう。これは確認だ。ハシムはすでに理解している。

今までにないラトの言動。彼女のことになると感情を剥き出しにするところ。隠しきれていない独占欲と執着。

どう考えても、彼は本気だ。しかしだからこそ、ラトの口から答えを聞く必要があった。

刹那《せつな》の恋なら気にする必要はない。この国で終わらせる程度の火遊びならば何も問題はない。

だが、本気なら――

(間違いなく、実優は、今の平穏を奪われる)

それが心配だった。

実優は真面目だけが取り柄の、至って平凡な女性である。平凡はつまらないと言う人もいるが、ハシムは平凡こそが尊ぶべき存在だと思っている。

なぜなら、世界の歯車は多くの平凡な人間がいるからこそ駆動するからだ。

権力者は所詮《しょせん》、ひとりでは無力なのだから。

(ラト、お前は……実優のささやかな平和を、乱すつもりなのか)

しばし、沈黙が降りた。

ラトはコーヒーカップをコトリとテーブルに置く。彼は――穏やかな笑みを浮かべていた。

『ああ。本気だ』

それはすべてを理解した上での、覚悟した言葉。

ラトもわかっているのだ。自分が人を好きになった時、相手にどのような影響を及ぼすか。それは当たり前の平穏を壊すのと同じ意味であることを。

『正直なところを言えば、最初は単なる興味だったよ』

まるで心の内に秘めていたことを告白するように、ラトの声は小さい。

『日本でいろいろ見て回って、実優が一番、私がかねてから想像していた「典型的な日本人」だったからね』

残り少ないコーヒーを見つめ、ラトは寂しげに笑う。

『真面目で節約主義で人との触れ合いが苦手そうな人。それが最初、実優に抱いた印象だ。私が想像していた日本人だよ』

確かにそのイメージはハシムも持っている。

そして恐らくは、ラムジも同じなのだろう。だからこそ彼は実優を選んだのだ。

『きっと私は、その堅物さが理解できなかったから、逆に興味を持ったのだろうね。だから実優を追ったんだ』

コーヒーを飲み干すと、ラトはカップをテーブルに置いた。

『私はできる限り、様々な人の価値観を理解したいと思っている。この「私」が人を理解できないのは致命的な問題に繋がるからな』

ふふ、と困ったように目を細めるラトを見て、ハシムは心から納得する。

なるほど。ラトは『ラト』であるからこそ、実優を理解したかったのだ。

『実優は自分を「何もない人」と言っていた。私もね、最初はそう思っていた。気の合う同僚もおらず、毎日同じ仕事をこなして、寄り道もせず家に帰っていく。彼女の日常は遊びがない。とてもつまらなくて、代わり映えのしないものに見えていた』

でも、とラトは言葉を続ける。

形のよい目を伏せて、歌うように彼女を語る。

『実優は不思議な女性だった。淡々と同じことを繰り返す毎日なんて、普通の人間は耐えられないものだ。でも実優は毎日同じことを繰り返しながらも、その生活に不満があるようには見えなかった。私の興味は深まるばかりで、実優に夢中になるのも当然だった』

そう、ラトは、ひたすら実優をつけ回していた。

ハシムはうしろからラトの行動を見ているだけだったが、ストーカーも同然だったと思う。時には『正面からじっくり実優を観察したい』などと言い出して、完璧に松喜エンジニアの社員に変装し、休憩室の向かい側の椅子に座って延々と見つめていたこともある。実優はその時、昼食を食べるのに夢中で、まったくラトの視線に気づかなかったのが幸いだったのだが。

ラトの奇行は、何のために日本に来たのだと苦言を呈したくなるほどである。しかし、やるべき務めはしっかり果たしていたのが逆に憎たらしかった。ラトはそういうところがものすごく器用で、ソツがないのである。

『そうしてようやく、私は気づいたんだ。実優の瞳が活力に満ちているのをね。彼女はいつでもまっすぐに前を見て、堂々と生きていた。地に足をつけて、代わり映えのしない毎日をしっかり歩んでいた』

きっと、真面目に生きることは、実優の存在意義にも等しいのだろう。

ラトが彼女に興味を持ったことから、ハシムもある程度実優について調べている。

どうやら幼少の頃から彼女はそういう性格だったようだ。何事にも真剣に取り組み、卑怯なことは一度もしたことがない。周りからはつまらない人間と評されることも多かったが、彼女の真面目さに、誰もが救われ、あるいは助けられていた。

時折、面倒事を押しつけられてしまうこともあったようだが、それでも実優は誰かを悪《あ》し様《ざま》に言うようなことはなかったらしい。

『ひとつとして手を抜くことなく、真剣に仕事に取り組むさま。真面目を貫くのは、こんなにも凜々しい、他にない美しさがあるんだと気づいた時、私の世界は変わったんだよ』

ラトが目を開く。

そのエメラルドの瞳はとろけるようで、夢をみるようだった。

『実優の生き方は綺麗なんだ。それだけで極上の輝きを放つダイヤモンドのように、穢れがなく、何色にも染められず、ただ——生きているだけで、美しい』

ゆっくりと手を伸ばす。

その先には何もない。だが、ラトの瞳の中にはきっと、彼女がいるのだろう。

『私は実優を、自分のものにしたくなった。彼女はきっとどんな色に染まっても、その生き方は変わらないと確信したからね。欲にも贅《ぜい》にも堕《お》ちない、凜然とした実優。私の色に染め上げて、その身も心も、私の愛で溶かしたい』

ああ、とハシムは額《ひたい》を手で押さえた。

これは間違いなく本気だ。ラトはこの恋を、この国だけで終わらせるつもりは毛頭ない。

（多民族国家ゆえ、身分を重視しない国民性なのは幸いかもしれない。だが、ラトの周りは黙って

いないだろう。――それでも、この男は構いやしないのだろうな）

幼少の頃からラトを知っているのだ。にこやかな笑顔で押しが強いところも、こうと決めたら一直線なところも、よく理解している。

だからこそ、ハシムは心から実優に謝った。

（……すまない。俺では、君の平穏を守れそうにない）

できることなら、ラトを受け入れてほしいとハシムは願う。こうなっては、ラトはたとえ実優が拒否しても、強引に自分のものにしてしまうだろう。

ラトは怒るだろうが、そういうところはラムジとそっくりである。

（血は争えないということなのだろうな）

だが、少なくともラトは実優をひとりの人間として尊重し、愛している。その気持ちだけは本物だと思うから――

ハシムは、ラトの思いが無事に届き、少しでも実優の周りが平和でありますようにと祈る他なかった。

第五章　セルデアの王子様

おとぎ話のような夢の時間だった。

ラトとのデートは、空から美しい夜景を堪能して幕を閉じた。まるでシンデレラみたいに、時計の針が零時を知らせたと同時に、お開きとなった。

口直しのデート、とラトは言っていたけれど、口直しどころではない。

嫌な記憶を根底からすくい上げて、きらきら輝く大波で押し流すよう。

強引で、問答無用で、実優はくらくらと目を回すばかり。

それでも、とても素敵な——ひと時だった。

「あの一悶着《ひともんちゃく》には参ったけどね」

実優は外回りの仕事で、社有車を運転しながら苦笑してしまう。

デートは終わったけれど、実は最後にちょっとしたもめ事があったのだ。

あの夜に、いかほどのお金を払ったのか、実優には想像がつかない。極上の楽しさをもらったけれど、あまりにラトのスケールが大きかったから、さすがに折半《せっぱん》でとは言えなかった。恐縮する実優にラトは微笑み、『そういうところは君の美徳だと思うけれど、デートに誘ったのは私なんだから、ここは私の顔を立ててほしい』と言われてしまった。

実優は重ね重ね礼を口にしてから、ドレスとネックレスを返そうとした。

ホテルなら、着替えができるパウダールームも設置されているだろう。するとラトは不思議そうに目をぱちぱちさせて、『それはプレゼントなんだから、もらっておいてよ』と言ったのだ。

びっくり仰天もいいところである。こんな高価なもの、もらえるわけがない。

実優は必死に説得した。しかしラトは意地になってしまったのか、最後には『いらないのなら、そのへんに捨ててほしい』と少し機嫌を損ねたようにそっぽを向いてしまった。

捨てるなんてとんでもない話だ。できるわけがない。実優はさすがにしょんぼりと落ち込んでしまった。

すると、なんとハシムが英語でこう提案してくれたのだ。

『それなら、一時的にラトが預かる形にしてはどうか』

仏頂面《ぶっちょうづら》のまま、淡々と言った。

『実優はまだ、ラトのことをなにも知らないに等しいんだ。そんな男から、いきなり高価なジュエリーやドレスをプレゼントされても、彼女の性格では喜べないだろう』

するとラトはムッとして、ハシムを睨《にら》む。

『なぜお前が私の実優を語るんだ』

『ラトは実優の真面目な性格を愛するあまり、彼女の今の気持ちを理解していない。俺は理解している。悔しかったら、もっと人の心を学ぶべきだな』

ハシムが余裕たっぷりにラトを挑発するので、実優はあわあわと慌てた。もしかしてふたりは喧嘩をしてしまうのだろうか。それはやめてほしい。

しかし、意外にもラトは冷静だった。ふぅとため息をついて、後頭部を掻く。

『それを言われてしまうと、なにも言い返せないな』

そう呟くと、ラトは実優に顔を向けて、少し寂しそうに微笑んだ。

『怒ってしまってごめん。一時的に預かる形でいいのなら、構わないよ』

やっとラトが折れてくれたので、実優はホテルのパウダールームで着替えを済ませて、ドレスとネックレスを返すことができたのだった。

彼からすると、それは『返却』ではなく『預かり』なのだが。

昨晩のことを思い出していた実優は、小さくため息をつく。

「なんにせよ助かったわ。あんなにすごいもの、頂いても困り果てるだけだし」

ドレスももちろんだが、問題はあのエメラルドのネックレスだ。あれひとつで、新車が買えるのではないかと思う。ヘタをしたら家が建つのではないか。さすがに大げさだろうか。

しかしそれほどの金銭価値がありそうなネックレスだったのだ。ラトは『実優が身につけてこそ、この宝石には価値がある』とか言っていたが、実優が身につけなくてもおそろしく価値が高いもので、そんなのと一緒に安普請《やすぶしん》のアパートに住んでいたら心が絶対安まらない。

「ラトって本当に何者なんだろう。日本のセレクトショップやリゾートホテルでも顔が知られているくらいだから、間違いなくお金持ちなんだろうけど」

少なくとも、最初に実優が思っていたような『庶民』ではないはずだ。彼はお金を使うのに、まったくと言っていいほどためらいがない。いっそ潔《いさぎよ》い。

ラトのことをとりとめもなく考えている間にルート営業を終えた実優は、コンビニの駐車場でお弁当を食べたあとに、気合いを入れて新規の営業に奔走《ほんそう》する。

人生は地道なことのくり返しだ。そして何事も努力が大事。つまらなくても続けていれば、いつか実る時が来る。もちろん、実らないこともあるが、うまくいかなくても腐らず諦《あきら》めず、試行錯誤しながら地道に前に進むのが、実優の生き方だ。

「でも……うん。そうね」

街の小さなリサイクル工場に飛び込み営業をして、先方にパンフレットを渡した。

小さな一歩。「また寄らせて頂きますね」「はい、どうも」。それだけの短い会話が、いつか実を結ぶ時だってある。

「真面目なのは——悪くないよね」

地味でも、面白くない性格でも。生き方は正しいはず。自分はただ、真面目であること以外に自己主張する方法を知らなかっただけなのだ。

それならこれから知ればいい。自分を綺麗《きれい》だと褒めてくれる人がいた。それだけで無色透明だった実優の心に明るい色が差し込まれる。

するとなんだか嬉しくなって、足取りが軽くなる。

異国からの訪問者、ラトとの出会いは刺激的すぎるけれど、自分にこんな変化が訪れたのなら、感謝したい。


夕方まで外回りをして、会社に戻った時には夕暮れを迎えていた。

それから実優は見積書や新しいプレゼン資料を作成して、同じ班の営業と、今日の成果と今後の課題についてミーティングする。

そして、そろそろみんなが帰り支度を始めた頃――

実優が一番会いたくなかった人が、我が物顔でオフィスに入ってきた。

ラムジ王子と侍従、彼につきっきりで手もみしている営業部長だ。

実優は慌ててビジネスバッグを掴《つか》み、彼らに見つからないようデスクの下にしゃがんで、身を隠した。正直もう、あのラムジと関わりたくない。

「それにしても、つつがなく契約を交わしてくださって、ありがとうございます。今までにない大がかりな商談でしたが、ラムジ殿下は本当にご決断が早くていらっしゃいますね」

『当然だ。次期セルデア国王である私は、どんなことでも機敏に動かねばならんからな』

ふたりは通訳を兼ねた侍従を介し、ご機嫌な様子で話しているようだ。

（契約って、あのセルデアのインフラ建設の受注が決まったのかしら）

部長にとって喉から手が伸びるほど欲しかったものだ。

それを得るために女性社員を敵に回して、ラムジの実優に対するセクハラにも目をつむってきた。

自分がされてきたことを考えると、まったく嬉しくないな、と実優は思ってしまう。

『ところで、ミューはどこにいる？』

（私は猫かっ！　相変わらず人の名前を覚えないのね）

実優は小さくため息をつく。同じセルデア人のラトは、あんなにも綺麗《きれい》な発音で『実優』と呼んでくれるのに。

「おや、さっきまでミーティングをしていたはずですが、もう帰ったのかもしれませんね」

『なんだ、つまらんな。あの話をしてやろうと思ったのに』

むぅ、とラムジが不満そうに言う。『あの話』とはなんだろうと気になったが、聞く気にはなれない。根拠はないが、とてつもなく嫌な予感がするのだ。

（退散、退散……）

実優は身をかがめたまま移動し、部長たちが入ってきたほうとは反対側のドアに近づいた。周りの同僚や営業事務が、こそこそ動き回る実優を見ているが、誰も告げ口はしない。

恐らくみんな、ラムジにうんざりしているのだろう。セルデアの王子様で大富豪で、うちの会社と契約してくれる上客ではあるのだが、場所をわきまえない大声や、成金趣味の見た目、横柄《おうへい》な態度。あらゆる部分において感謝の気持ちが嫌悪感に塗りつぶされている。

「あの話ですか。ええ、そうですね。本人には早めに言っておいたほうがいいですね」

『心の準備が必要だろうしな。それより、問題はないのか？　あの娘、逃げはしないだろうな』

「まだ何も知らないのですから、逃げようがないでしょう」

『それもそうか。しかし、もしあの娘が逃げたら……契約は白紙に戻すからな』

「ははは、それは困りますので、こちらのほうでもしかと準備を進めておきましょう」

ふたりは、なにか悪巧みをするように笑い合った。

嫌な予感は警告に変わって、実優の頭にシグナルを出す。

逃げたほうがいい。少なくとも、今は彼らに会わないほうがいい。

実優は心の声に従って、そっと営業部のフロアをあとにした。

（いったいなんの話をしていたんだろう。あの娘って、間違いなく私のことだよね。部長は、今度は私をどうするつもりなの！）

また、ラムジの世話をしないといけないのだろうか。もう二度とごめんだ。

悪人ではないとわかっていても、デリカシーのない発言や、人の太ももを勝手に触る人なんて嫌だ。

実優はあたりに気を配ってから、会社を出る。そしていつもの通り、ラトにメッセージを送った。

実優の『護衛』は、まだ続いている。

しばらく待つと、どこからともなくラトとハシムが現れて、三人で帰路についた。

「先日は私につきあってくれてありがとう」

歩きながら礼を言うラトに、実優は「いえいえ！」と手を横に振る。

「お礼を言うのはこちらのほうです。昨日も言いましたけど、本当に楽しかったです」

あのデートを体験したから少し気後れはするのだが、実は今度、改めてラトにお礼の贈り物をしようと思っている。借りたままのスカーフと一緒に渡す予定だ。

ラトは嬉しそうに破顔した。

「よかった。あのあとハシムに、やりすぎだって怒られたんだ。私の振る舞いに幻滅して、嫌われる可能性だってあると言われて、ちょっと落ち込んでいたんだよ」

「た、たしかに、やることなすこと派手でしたけど……、嫌うなんて、ありませんよ」

実優の言葉に、ラトはホッと安堵《あんど》した顔を見せた。

——とくん、と鼓動が一際強く音を立てた。

相貌《そうぼう》は王子様みたいに素敵で、夜でもなお輝きを放つエメラルドの瞳は綺麗《きれい》。

でも、それ以上に、実優はラトという男性に心が惹《ひ》かれているのを感じた。

相手は遠く離れた異国に住む、外国人なのに。

彼をもっと知りたい。好きな食べ物や、余暇を過ごす趣味、そしていつも誇らしげに語ってくれる、セルデアの話。

聞きたい。近づきたい。もっと傍にいたい。

これまでの人生で、初めての感情が少しずつ大きくなっている。

それはまるで花のつぼみだった。それが開かれた時、自分はどんな感情を手にしているんだろう。

そう考えるとドキドキが止まらない。

ほんのり火照《ほて》った頬を、夕闇の風がさらりと撫《な》でる。

(私、もしかして、ラトのこと……)

高鳴る胸を両手で押さえて、実優はチラとラトを見上げる。すると彼は――

いつになく怖い顔をして、前を見つめていた。

実優はびっくりして、足を止める。

「ラト……?」

「ごめん、実優。少しだけ私の言うことを聞いて」

そう言って、ラトは実優の手を握った。

「そこに角があるだろう。私が合図をしたら、そこに向かって走るんだ。ハシム、あとは頼んだ」

『任せておけ』

ハシムが英語で答える。

実優のドキドキは淡く温かなものから、戸惑いと恐怖のものへと変わる。

「大丈夫だ。君の恐怖は今日で終わる」

実優の怖れを、繋いだ手を通して察したのだろうか。ラトが元気づけるように微笑む。

「さあ、行くよ。私の手を離さないで」

「は、はい」

カツカツ、コツコツ。実優とラトの足音がまったく同じテンポで響く。

「さん、に、いち……ＧＯ！」

号令をかけた途端、ラトが走り出した。実優も全速力で走る。それをうしろからハシムが追いかけた。

そして角を曲がったところで、ハシムはブロック塀に手をかけて駆け上がり、驚異的なスピードでブロック塀の上を伝って、来た道を戻っていった。

まるで軽業師《かるわざし》である。ハシムは二メートルはある長身なのに、おそろしく身軽だった。

「え、えっと……いったい、なにが……」

事態についていけない実優が唖然として呟く。

「ようやく尻尾を見せたんだよ。君を尾行していた奴らがね」

「そっ、そうなんですか!?　というか、もしかして私たち、今までずっとあとをつけられて……？」

「そうだよ。ハシムの気配察知能力は桁外れだから、奴らは警戒していたんだ。けれど、しびれを切らしたようでやっと動いてくれた。今頃はハシムが追いついて、捕まえているところだろうね」

どうやらラトは、ハシムに全幅の信頼を置いているようだ。ハシムが失敗するなど、露《つゆ》ほども思っていなさそうな態度に、実優は改めてふたりの絆の固さを感じた。

「ちなみに、実優を尾行していたのはセルデアの諜報員《ちょうほういん》だよ」

「ちょ、諜報員《ちょうほういん》……っ!?」

聞き慣れない言葉に驚愕する。諜報員《ちょうほういん》なんて、小説や映画の世界でしか見たことがない。本当にいるんだと思いながら、実優はラトを見上げる。

「ど、どうして私が、その、セルデアの諜報員《ちょうほういん》に……？」

「おそらく、身元調査がしたかったんだろうね。何せ君は『セルデアの王子様のお気に入り』だから」

ラトが意味ありげに目を細めた。

（セルデアの王子様のお気に入り。……つまりそれって……）

震える体で、実優は口を開く。

「ラムジ王子のこと、ですか？」

「そう。セルデア王室、第一王位継承者、ラムジ・サロ・セルデア。彼は好色家として有名なんだけど、己の私財ではなく、公費を使ってお気に入りの女性に贅《ぜい》を与えるという悪癖を持っているんだ。彼はケチだからね、自分の金は、使いたがらない」

ラトはどこか冷めた目をして、ラムジ王子を語る。

そういえば昨日、ラトが話していたことを実優は思い出す。セルデア王室は個人で資産運用をしていて、その利益を生活費に回したり、教育や医療機関に寄付をしているのだと。

つまりラムジは逆なのだ。莫大な個人資産はしっかり貯め込んで、公費を私的に使っている。

(もしかしたら、あの金《きん》の腕輪や、すべての指についてる大きな宝石も、公費で買ったってこと？　そうだとしたら、国民が許すはずないわ)

実優でも怒ってしまうのだ。セルデアに住む人々が抱える感情は計り知れない。

「もしかして諜報員《ちょうほういん》は、ラムジ殿下に気に入られた私が、何か高価なものをもらっていないかを調べていたということですか？」

「そんなところだ。でも、それも今日で終わりだよ。彼らには私から話をつけておくから、実優はもうなにも心配しなくていい。明日から、夜道を怯えることもないよ」

ニッコリと微笑み、実優の頭をぽんぽんと軽く撫《な》でた。

「ラト……」

実優は彼の名を呟く。

あなたはいったい、何者なの？

本当に、セルデアの企業の社員なの？

私になにか隠しているの？

その諜報員《ちょうほういん》とどんな話をするつもりなの？

頭の中に、様々な疑問がよぎる。思わず不安が顔に出てしまったのか、ラトは実優の肩に手を置いた。

そして、軽く唇にキスをされる。

「安心してくれ。私は絶対に、君を危険な目には遭わせない」

実優が突然のキスに戸惑っていると、ラトはくすくす笑った。

「ほんとうに君は初々しいな。そんなに無防備だと、もっと襲いたくなってしまう」

「えっ⁉」

「冗談だ。いや、割と本気かな？　それじゃあ、私は行くからね」

最後に「おやすみなさい。良い夢を」と言うと、ラトはハシムが駆けた方向に向かって走って行った。

諜報員《ちょうほういん》とやらに、話をしに行くのだろう。

残された実優は、ぼうっとラトが消えた方向を見つめる。

(どうして、私……聞けなかったんだろう)

疑問に思ったことがあるのなら、聞いてしまえばよかった。そうすれば、ラトについて悩むこともなくなったのに。

でも、どうしてだろう。答えを聞くのが怖かったのだ。

聞いてしまったら最後、ラトは自分の前から消えてしまう気がして――

切なくなった実優はひとり、空を見上げた。

昨日は夢のような遊覧飛行であんなにも近く感じた夜空。今は遠く、星は小さく瞬いて、乳白色の弓張り月が静かに佇んでいた。

◆　◆　◆

実優の知らないところで商談が順調に進み、晴れてラムジ王子と契約を結べた営業部長は、朝からやけに機嫌が良かった。

一方、実優は部長から逃げていた。昨日の、ラムジと部長の会話がやけに不穏だったのが気になって、どうしても近づきたくないのだ。

実優は朝礼もそこそこに営業に行く準備をして、まずは同じ敷地内にある松喜エンジニア本社に向かう。そして人事部に行くと、異動の希望届を出した。

これはあくまで希望に過ぎない。検討の結果、だめだと断られる時もある。

だが、その時はもう辞めるしかないな、と実優は思っていた。部長の実優に対する態度はどうにも目に余る。他にも何か企んでいる気がしてならないし、何よりも、受注のために部下を利用するやり方は許せなかった。もう彼の下で働くことはできない。

本当は、こんな形で辞める気はなかった。社内環境は快適だし、営業の仕事も楽しい。友達とまではいかないけれど、同僚たちともそれなりに楽しく話しているし、居心地のよい職場だと思う。

しかしそれでも、受けた屈辱《くつじょく》を受け流してまで、しがみつきたいとは思わなかった。

実優は人事部のフロアをあとにする。

その時、階段の上から『ガハハ』と大きな笑い声が聞こえた。間違いない、ラムジだ。

契約を終えた今、彼はこれ以上この会社を視察する必要はないはずだ。それなのにまだいるのか。

(打ち合わせとか、いろいろあるのかもしれないけど、早くセルデアに帰ってほしいわ)

深いため息と共に、思わずそんなことを考えてしまった。

すると、ラムジの笑い声が近づいてきた。どうやら階段を下りているらしい。このままだと鉢合わせしてしまうと、実優は慌てて階段を下りた。

(そうだ。ここの地下ガレージまで下りてしまおう。あそこの非常口は東京支社の駐車場に繋がっているし、そこから社有車に乗って外回りに出たら、ラムジ王子と鉢合わせしないで済む)

我ながらグッドアイデアだ。実優は駆け足で地下まで下りると、非常口に向かおうとする。

だが、その足は急に止まった。

非常口のすぐ傍にある黒い乗用車の裏側に、見慣れたふたり組がいたからだ。

(ラトと……ハシム?)

黒い車を前にして、うしろ側に黒髪の頭と金髪の頭が見える。……見間違いではない。

けれども、その人目を避けるような立ち位置が気になった。声を潜めているらしく、ここから彼らの話し声は聞こえない。

実優は身をかがめると、ソロソロと忍び足で近づいた。

(私は、なにをしているんだろう)

息を殺して、向こうに気づかれないよう、少しずつ距離を詰めて。

(堂々と声をかけたらいい。そうだ、昨晩のお礼を言わないと)

ようやく彼らの声が聞こえてきた。車の陰に身を潜めて、耳をそばだてる。

(こんなのは盗み聞きだ。悪いことだ。やってはいけないことなのに)

単なる好奇心？　秘密を暴きたいと思っただけ？　——違う、そんなことはない。

だってこんなに体が震えている。本当は耳を塞ぎたくなるほど聞きたくないと思っている。それなのに聞き耳を立ててしまうのだ。矛盾する行動の理由が、自分でも理解できない。

『セルデアの諜報員《ちょうほういん》は、やはり革新派だったな』

英語だ。話しているのはハシム。

『ラムジはなにをやっても目立つ。彼の周りを探れば、醜聞《しゅうぶん》の宝庫だ』

次に話したのはラト。実優と話す時より、声色が冷たい。

『ラトの証拠集めはどうだ？』

『今のところ順調だ。昨日の諜報員《ちょうほういん》からも、いろいろと興味深い話が聞けたよ』

『そうか。——実優は結局、まだなにもされていなかったな』

びく、と実優は肩を震わせた。どうしてここで、自分の名前が出てくるのだろう。

ラトが仄暗い笑い声を立てた。

『あれだけ反応が初心《うぶ》ならね、さすがに〝お手つき〟ではないな』

『まさか、それを確かめるために、実優をデートに誘ったのではないだろうな』

実優は目を見開いた。

あの夢のようなひと時。実優の心に大きな変化をもたらした素敵な思い出が、パキンと音を立てて、壊れた気がした。

『違う……とも言い切れない。でも、ネックレスをつけた時に怯えていたから、間違いなく宝飾品はもらい慣れていないとわかったよ』

『彼女を試したのはそれだけか？』

『………』

『まさかヘリの中で手を出したのか？　さすがに怒るぞ』

『誤解だ。私は、そこまで非道になるつもりはない』

ラトは慌てた様子で『とにかく』と言った。

『ラムジが実優に執着しているのは事実だ。今回は持ち帰るのが先ということなんだろう。だから、このまま実優を監視し続ければ、必ずラムジは行動を起こす。その時がチャンスだ。ハシム、お前が動いてくれ』

『わかった。しかし、ラト』

ハシムが静かな口調で話す。

『お前は、しばらく実優に近づかないほうがいい。今のままでは、彼女が傷つくだけだ』

『……わかっている』

『いや、絶対わかっていない。今、不用意に近づけば、結局傷つくのは彼女なんだぞ。お前がやっているのはラムジと同じだ。なぜならラト、仮にもお前は』

すうと息を吐いて、ハシムはラトに言い聞かせるように言う。

『セルデア王室、元・第一王位継承者なんだぞ』

カツン。

パンプスの踵《かかと》で地面を叩く音が、やけに高く響いた。

『誰だ‼』

ハシムが鋭い声を上げて車の前に出る。そして——

「実優……」

ぽつりと、ラトが呟いた。

実優はうしろ足で一歩を踏んだまま、その場に立ち尽くす。

「ど、ういう、こと？」

ぽかんと口を開いて、顔は驚愕に満ちて。

なにも言葉が思い浮かばない。いや、思うことはひとつだけで、他の言葉がないのだ。

「元・第一王位継承者って、ラトは、セルデアの王子様……ということ？」

ラトとハシムは互いに目を見合わせたあと、ラトが顔に苦渋をにじませる。

「そうだった。君は、英語がわかるんだったね」

「し、質問に答えてください。あなたは、そうなの？　セルデアの企業から視察に来た社員なんかじゃなくて」

近づこうとするラトから距離を置くように、実優は一歩ずつ後退する。

ラトはそんな実優を見て、辛そうに瞳を伏せた。

「――そうだ。私は……私の本当の名は、ラティーフ・コル・セルデア。ラムジの従兄弟《いとこ》にあたる。君が言う〝セルデアの王子様〟だよ」

顔を上げて、ラトは寂しそうに微笑んだ。それは、なにかを諦《あきら》めたような雰囲気を含んでいた。

実優は小さく息を呑み込む。

言われてみれば、彼と出会った瞬間から、いくつもヒントはあったのだ。

桜の花びらと共に舞い上がったスカーフを掴《つか》んだ実優に、不思議な魔法をかけたラトの雅《みやび》な仕草。

言葉遣いの端々に見える育ちの良さ。誇らしげに語るセルデアの話。

高級なセレクトショップやリゾートホテルでの大げさな歓迎。ドレスや高価な宝石を軽い調子でプレゼントして、スカイラウンジも貸し切ってしまえる圧倒的な財力。

不思議だ、謎だと思っていたけれど、さすがに王子とは思わなかったのだ。

同じ王子として、強烈な印象が残るラムジがいたからだろうか？　それにしても、自分はなんて鈍いんだと、苦笑を零さずにはいられない。

——全部、計算だったのだ。

出会いも、語らいも、触れ合いも、すべて、すべて。

愛してるなんて、鼻で嗤《わら》ってしまうほどの嘘。

ラトは別の意図を持って実優に近づいたのだ。おそらくはラムジのことだろう。逆に言えば、ラムジが実優に興味を持たなければ、ラトは実優の存在に気がつくこともなかったのだ。

「は——それなら、そうって、最初から言ってくれたらよかったのに」

実優はわなわなと唇を震わせながら呟く。

ラトは悔しげに唇を噛んだ。そして意を決したように、実優との距離を縮めようとする。

だが、すぐに実優は大声を上げた。

「近づかないで！」

ぴたりとラトの足が止まる。実優はさらに後退して、彼から距離を取った。

「ねえ、ラト。楽しかった、ですか……？」

声が震えている。油断すると涙が零れそうだった。だから実優はぐっと堪《こら》えて、彼に微笑んでみせる。

「恋も知らない、贅沢《ぜいたく》も、知らない。何も、持ってない。人を疑うことさえ知らなかった私に、甘い台詞《せりふ》を吐いて舞い上がらせるのは、そんなに……楽しかったですか?」

ラトはいつも笑っていた。

楽しそうに微笑んで、息をするように、実優に気障《きざ》な言葉を囁《ささや》いた。

それはとても恥《は》ずかしかったけど、同時に嬉しかった。

自分はラトに甘やかされて、ようやく気づいたのだ。

——本当は、ずっと前から、誰かに愛されたかったのだと。

オシャレをしてもいい。美しく着飾ってもいい。時には誰かに迷惑をかけても、ワガママを言ってもいい。

それでも嫌わないと、愛してあげるよと、そんな優しい言葉を待っていた。

でも、そんな優しい世界はなかった。実優は結局、何も手に入れていなかった。

ただ、素敵ななにかを得た気になって、ひとりで喜んでいただけ。

ラトは、単に実優を通じてラムジの行動を監視するため、常に実優の傍にいた。

思う通りに舞い上がる実優を見て、ラトはなにを考えていたのだろう。——想像も、したくない。

「どうりで、あんなに高そうなネックレスをつけてくれると思いました。私を、試していたんですね。ラムジ殿下からすでになにかをもらっていたら、反応が変わると思ったから」

「実優……」

「空から夜景を見た時のラトの言葉も嘘だったんですよね。私の反応を見て、ラムジ王子との関わりを確認するためだったんだ……。ぜんぶ、ぜんぶ、私にかけた本当の言葉なんて、ひとつもなかった！」

「実優‼」

いつになく鋭いラトの声がガレージ内に響いて、実優はびくっと震える。

ラトは、怒気を帯びた顔をして、エメラルド色の瞳をぎらぎら光らせて、実優を見つめている。

「違う。私は君に対して嘘などひとつも言っていない。……私の身分を隠していたことは謝る。申し訳なかった。君を試すような真似《まね》をしたのも悪かったと思っている。……どうしても、彼との関係を調べる必要があったんだ。何よりも、君の身を守るために――」

「言い訳はもう結構です」

実優はきっぱりと口にした。

もう、ラトの言葉は聞きたくなかった。甘い嘘ばかりつく人の声なんて、聞いても自分の心が傷つくだけだから。

「本当に、最初から言ってくれたらよかったんですよ。ラムジに金目のものをもらったのか、口説かれたのか？　って。きっと私は戸惑いはするだろうけど、答えたと思いますよ。――それこそ、『真面目』にね」

自分で言って、少しだけ笑ってしまう。その時のことを考えたら容易に想像できたからだ。

あの日、あの夜。

桜の花びらと、柔《やわ》らかいスカーフ。

――掴《つか》まなければよかった。ラトに出会わなければよかった。

そうしたら自分は、こんな風に傷つかなくて済んだのだ。

実優は肩を落としてため息をつくと、きびすを返して、階段を上《のぼ》る。

……うしろから追いかけてくる足音は、聞こえなかった。

◆　◆　◆

あの日以降、ラトから何度か着信があった。

実優はどうしても彼と話したくなくて、スマートフォンを取る気にならない。

メッセージアプリにはなにも届かなかった。彼の性格を考えれば、文章をつらつら書くよりも、直接会って話がしたいのだろう。

それはわかっている。彼にも言い分があるに違いない。ちゃんと、理解している。

地下ガレージで話を聞いた時は、ショックのあまり頭が混乱して、ラトにたたみかけるように暴言を投げつけてしまった。

でも、しばらく経つとそれなりに冷静になる。

ラトの正体はセルデアの王子様。身分を隠して来日していたのは、おそらくラムジが関係している。

詳しい事情はわからないが、ラムジを追っているうちに、実優に辿り着いた。

そしてラトは、実優に近づいたのだ。ラムジになぜか気に入られている実優を通じて、彼の動向を監視するために。

また、実優がラムジから貴金属の類《たぐい》をもらっていないかも調べる必要があった。

それは好奇心などといった軽々しい理由ではなく、重要な意味を持っていたのだろう。

ラトは悪くない。彼は最初からそのために遠い日本へ来たのだから。

……でも、どうしても、ラトとふたたび話す勇気が出ない。

これ以上話を聞いたら、自分自身の心がもっと傷ついて、壊れるような気がするから、怖かった。

営業部のデスクで資料を作成しながら、ふぅとため息をつく。

ここ最近、ため息が増えた気がする。それは疲労によるものだったり、感嘆《かんたん》によるものだったり、様々な意味を持つため息で、今までにはなかった変化だった。

毎日仕事をして、決まった時間にごはんを食べて、仕事が終われば帰って寝る。

そんな日々を淡々と繰り返すのが当たり前だったから、ため息をつく必要がなかった。

でも、今は――違う。

仕事をしているふとした瞬間に、あの人を思い出す。

地下ガレージで実優がきびすを返す前、ひどく傷ついた顔をしてエメラルドの瞳を歪ませていた彼を。

もっと冷静になって、ちゃんと話を聞いてあげればよかった。

ラトが日本にいられる時間は有限である。ほどなく彼はセルデアに帰るだろう。

そうしたらきっと、一生会うことはなくなる。

こんなモヤモヤした気持ちのますますべてが終わって、ラトは思い出の中の存在になっていく。

それで、いいのか。

彼に何か言うことがあるのではないか。彼の話をもっと聞くべきではないのか。

頭の中で、自分自身が繰り返し問いかける。

実優はまた、ため息をついた。

「柏井さーん。今日は今月の経費の締め日だけど、大丈夫？　いつもより請求書が少ない気がするんだけど」

「えっ、あっ、すみません。まだありますので、今計算します」

実優はぱっとうしろを向いて、営業事務の女性に謝った。彼女は「いいよ〜」と言ってにっこり微笑む。

今までは、経費の請求書の処理なんていち早く作業を終わらせていた。どうしても考え事が増えてしまって、いつの間にか事務処理を後回しにしていたのだろう。

実優は「もっとしっかりしなきゃ」と反省しつつ、財布から必要な請求書を取り出した。

「そういえばさ〜」

実優の請求書を待っているのか、営業事務の女性が話しかける。

「はい」

カチカチと電卓を叩いては経費請求書に金額を書き込みつつ、実優は返事をした。

「あのラムジ王子、明日にはセルデアに帰るんですって」

「えっ、そうなんですか」

「そうなの〜。ようやくオフィスが静かになるわ！　柏井さんも大変だったね〜」

ラムジは常に偉そうで、女性社員を値踏みするような目で見ていたので、評判はすこぶる悪かった。見た目の成金ぶりも目に余っていただろう。女性だけでなく男性社員も、ラムジにはあまりいい顔をしていなかった。ひたすら手もみして、太鼓を叩いていたのは部長だけだ。

（そんなに受注って欲しいものかしら。……って、営業の私がそんなこと言っちゃいけないけど）

確かに大きな契約だったのだろう。しかし、プライドを捨ててまで欲しいものだろうか。

いずれにせよ、実優には理解し難い世界だ。

手早く経費の精算を終えて、営業事務に書類を渡す。

そして資料作成の続きをやろうとして、いくつか用意していたはずのサンプルが足りないことに気がついた。

「うわ、本社でもらい忘れてきちゃったんだ。私、本当にだめだわ」

ぼうっと考え事をする時間が増えたから、物忘れが多くなってしまう。しっかりしなきゃと自分を叱咤《しった》して、実優はオフィスを出た。

（研究室でサンプルをもらって……ついでに、バイオマス燃料の詳しい話を聞いておこう。最近は山の近くまで営業に出ることもあるし、今後の仕事に役立つかも）

いろいろと段取りを考えつつ、実優は支社を出て本社へと向かう。

すると、本社のロビーで「ミユ」と名を呼ばれた。

振り向くと、ロビーの端にハシムがひとり、立っていた。

「ハシム……さん」

いつもラトと一緒にいる、彼の部下だ。いや、彼が王子とわかった今、本当に部下なのかどうかはわからない。

実優は思わずあたりを見回した。ラトらしき男性の姿はない。運よく、ロビーには実優とハシムしかいなかった。

『ラトはいない。打ち合わせがあって、今は別行動を取っている』

彼は英語で話して、親指でうしろを指す。

『君は英語が話せるんだろう？　それなら、このまま話して構わないか。場所を変えたい』

『それは、構いませんが……』

正直、ハシムはラトの次に会いたくなかった人物だった。話というのも間違いなくラトのことだろうし、今は、聞く勇気が持てない。

実優が困り果てた顔で俯《うつむ》くと、ハシムは「フゥ」とため息をつく。

『君とラトの仲に亀裂《きれつ》が入ってしまったのは、俺の不用意な一言が原因だ。責任を、取りたい』

ハシムは辛そうに目を伏せて言った。

そういえば、彼がラトの正体を口にしたことで、実優は驚愕のあまり足音を立ててしまったのだ。

あの日、あの場所で、あんな話をしなければ――

ハシムはずっと、そんな思いを抱いて後悔していたのかもしれない。

『わかりました』

実優は頷く。考えてみれば、こちらも聞きたいことはあるのだ。ラトと顔を合わせる勇気は出ないけれど、ハシムとなら話せるかもしれない。

実優は支社に戻ると、資料作成のために必要なものを購入してくるという名目で、しばし外出すると同僚に説明した。

――真面目一徹な実優の人生で、初めて『嘘』をついた瞬間だった。

◆　◆　◆

日本人は時間を守るが、他の国はルーズ。

そんな話を聞いたが、ハシムは時間を守るほうだと自負している。腕時計を確認しながら街を歩き、やがて実優と約束していた場所——いつかの喫茶店に到着した。

店に入ると、前に来た時と同じように、落ち着いた音楽と少しレトロな空間が出迎えてくれる。どこかホッとするのは、似たようなカフェがセルデアにもあるからだろう。向こうはレコードをかけているので、ここよりもずっと古風であるのだが。

少年時代は、よくラトとカフェで過ごし、推理小説を回し読みするのが好きだった。

ソファ席に座ると、店員がお冷やを運んできたので、コーヒーをふたつ注文する。

しばらく待っていると、仕事を抜け出した実優がやってきて、ハシムに会釈《えしゃく》した。

『コーヒーを頼んでおいた。もう少ししたら来るだろう』

仏頂面《ぶっちょうづら》で、言葉少なに言う。

実優は『はい』と英語で返事をしたが、表情は硬い。先日のことを思えば仕方がないのだが、それならもう少しこちらが愛想よく、柔《やわ》らかい態度を取るべきだろう。彼女にこちらの事情を理解してもらいたいのなら尚更だ。

しかしこれがハシムだった。幼少時からまったく改善されることのない愛想の悪さ。今の職場に就職して殊更相貌《そうぼう》に頑強さが増した気がする。

最初からこんな調子では、実優のラトへの態度を軟化《なんか》させるのは難しいかもしれない。

(だが、そうだからといって放っておけるわけがない)

ハシムはテーブルの下で拳を握った。

ここ数日のラトの様子はそれはもう酷いものだったのだ。王子としての責務は果たしているものの、常時憔悴《しょうすい》した様子で、見ているこちらが心配してしまうほど。

ラトのことだから、ラムジのことは間違いなく完璧に片付けてしまうだろう。だが、その先に残るものを考えると、ハシムは動かざるを得なかった。

実優に向ける感情について、ハシムは彼に尋ねたことがある。

その時ラトは『本気だ』と口にした。それが嘘偽りではないことは、ハシムも確信している。

だからこそ、怖かった。

実優との絆が切れたままセルデアに帰って、ラトがその後の人生をどのように歩むのか、想像したら、いても立ってもいられなかった。

これが最後の恋という確証はない。このままふたりが別れても、互いに好きな人を見つけるのかもしれない。だが、なぜかハシムは、ラトが新たな恋をする姿を想像できなかった。むしろ骸《むくろ》のように生き、淡々と王族としての責務を果たす彼しか思い浮かばなかった。

(そんな生き方はあまりに悲しい。そう、ラトの唯一の『友人』だからこそ――放っておけなかった)

店員が、コーヒーをテーブルに置く。ハシムは一言も喋ることはなく、コーヒーから立ち上《のぼ》る湯気を見つめていた。

『あ、あの……私、あまり悠長にしている時間はないんですけど……』

何か理由をつけて、一時的に会社を出たのだろう。実優は困った顔をしている。

ハシムは覚悟して、ようやく重々しく口を開いた。

『……俺が誘っておいて申し訳ない。実は、俺はものすごく口下手で、自分から話題を振るのがとても苦手なんだ』

まずは自《みずか》らの恥を口にする。もっと流暢《りゅうちょう》に、例えばラトのように話せたら良いのだが、自分でも情けなくなるほどの無愛想なのだ。家族にすらさじを投げられている始末である。

ハシムから誘っておいてこの体《てい》たらく。さすがに実優も呆《あき》れたかもしれない。

しかし彼女は、少し思案するように目を伏せたあと、真剣な表情でハシムを見つめる。

『それなら、私が質問する形でなら、答えられますよね？』

――正直、その言葉に驚いた。

ハシムが想像していた以上に、実優という女性はしっかりした性格をしている。強引なラトが傍にいるからつい、流されているように見えてしまうが、実はそこまで受け身な人間ではなく、自《みずか》ら提案もできる積極性も持っているようだ。

まあ、そうでなければ、営業という仕事を続けることなど、無理ではあるのだが。

『もちろんだ』

幾分かホッとしたハシムが頷くと、実優は姿勢を正す。

『じゃあ、この際聞いてしまいますが、ハシムさんとラトはどういう間柄なんですか？　セルデア企業の下っ端社員というのは、嘘なんですよね？』

確かに、最初に実優と出会った時、そんな説明をして名刺を渡していた。しかし、すべてはラトの身分を隠すためのフェイクである。だが、完全な虚言というわけではない。

『俺もラトも、君に渡した名刺にある会社に在籍している。――ただし、その会社の社員は二人で、つまりは、俺とラトしかいないんだ』

実優は「えっ？」と首を傾げた。どうやら、意味がわかりかねるようだ。

『ラトが身分を隠すために、自分で会社を立ち上げたんだ。ラトが社長で、俺が部下だ』

彼女はようやく理解したようだ。確かに個人資産のある王子なら、小さい会社をひとつ立ち上げるくらい難なくできると納得したのだろう。

『そして、君のもうひとつの質問。俺とラトの間柄だが、たしかに本来の俺の立場はラトの部下ではない。俺はラトの護衛だ。普段はセルデア軍、王室警備部隊に在籍している――軍人だ』

実優は「軍人……」と呟いた。

ハシムにとってラトは守るべき者だ。ラトは王族であり、たとえお忍びでも、身分を隠していようとも、護衛は必要になる。

『まあ、ラトを守るのは職務でもあるが、あいつと俺は兄弟同然で育ったから、仕事抜きでも俺はあいつを守るつもりだ』

『そうなんですか』

『ああ。俺の父はラトの母親の兄になる。つまり俺とラトは従兄弟《いとこ》なんだ』

ハシムはコーヒーカップを持ち上げ、ひと口飲んだ。

目を閉じれば、すぐにでも思い出せる。幼少時、初めて出会ったラトの瞳は、悲しみと絶望ですさんでいた。

『ラトの母親は、前・セルデア国王の第一王太子の妻だった。息子のラトは、本来であれば父親が王の跡を継いだのち、セルデア王室第一王位継承者になるはずだった。――二十年前の内戦がなければ、だが』

静かに語るハシムの言葉を、実優は黙って聞いていた。

『二十七名の妾《めかけ》とその親族による諍《いさか》いから始まって、混乱の最中《さなか》に現れた、君主制廃止を謳《うた》う国内の革新派と、セルデア侵略を狙う大国。セルデアは荒れに荒れて、たくさんの国民が犠牲になった。第一王太子と、その妻も含めてな』

実優は驚愕の表情を浮かべて、悲しそうに目を伏せた。

つまりラトの両親は、もうこの世にいないのだ。

あの内戦は、十にも満たない少年の心に、どれだけの傷を負わせたかわからない。

王太子の息子という恵まれた生活も様変わりし、少年のラトは自暴自棄《じぼうじき》になった。ワガママで癇《かん》癪《しゃく》持ちなラトにハシムは苛立ち、何度も取っ組み合いの喧嘩をしたものだ。

しかし、いつの間にか、喧嘩相手だったラトは無二の親友に変わった。

『前国王の跡を継いだのは、ラムジの父だった。……というより、現国王しか世継ぎは残らなかったんだ』

『その話を聞くだけでも、凄惨《せいさん》な内戦だったのだと想像できます。私……ぜんぜん知りませんでした』

実優が申し訳なさそうに言う。ハシムはふっと口の端を上げて微笑んだ。

……不思議だ。口下手であるはずなのに、相手が実優だと、こんなにも自然に話せる。ラトを相手にするのとはまた違う、心の安らぎが口を滑らかにするのだろうか。

『君が知らないのは仕方がない。小さな国の小競り合いなど、世界には数え切れないほどあるんだから』

実優はその言葉を聞いて唇を噛んだ。

そう、なんだかんだと言って、日本は平和だ。彼女は、自分が生まれた国がいかに幸せなのかを思い知っているのだろう。

その平和はとても尊く、維持し続けなければならないものだ。

『現国王は賢い方だ。かの王のおかげでセルデアは内戦の傷を癒《い》やし、国は栄えた。国民の教育水準も、医療環境も、飛躍的に向上した。……しかし、息子であるラムジにだけは手を焼いているらしい』

そろそろ本題だ。ハシムは眉間に皺《しわ》を寄せ、実優は姿勢を正す。

『彼は、セルデアが平和なのをいいことに、王室の特権を乱用して贅沢三昧《ぜいたくざんまい》。国費も私物化して、国民は彼に対する不満を募《つの》らせている』

『もしかして、また……内戦の危機がある……とか？』

『そこまでではない。だが、セルデアは内戦から復興してまだ二十年なんだ。保守派と革新派の水面下での諍《いさか》いはいまだに絶えず、溝は深まる一方だ。その上、ラムジは……』

はぁっと、ハシムは重いため息をついた。

『現国王が廃止した妾《めかけ》制度を、ふたたび復活させようとしている』

「ええっ⁉」

実優は驚愕の声を上げた。慌てて口を閉じてキョロキョロし、冷静さを取り戻したいのかコーヒーを飲む。

『妾《めかけ》って、に、二十年前の内戦のきっかけですよね？』

『そうだ。内戦の記憶を残す多くの国民にとって、最もセンシティブな問題だ』

頭が痛いとばかりに、ハシムは額《ひたい》を手で押さえた。そして、チラと実優を見る。

『君なら大丈夫だと思ったから話したんだ。くれぐれも――』

『他言無用ってことですよね。もちろんわかっています』

実優は真剣な顔をして言った。

当然だと言わんばかりの彼女に拍子抜《ひょうしぬ》けする。だが、実優ほど、誠実な人間はいないだろうとハシムは思った。

世の中には、信頼を平気で裏切る者がいる。

だが、実優に限ってそれはないと信じられた。なぜそう思うのだろう――。ラトが惚れた女だから？　いや、違う。

彼も言っていたではないか。実優はとても真面目な女性なのだ。それこそ、ドがつくレベルである。堅物なハシムですら呆《あき》れてしまうほど、実優は自分の生真面目さを曲げない。

『ああ、この国に、君ほど信じられる人はいない』

気づけば、笑顔を向けていた。

『ラトは、ラムジ王子の行動を止めるために動いているんですね』

『そうだ。ラトはそのために、日本に来た』

ハシムは少し目を瞑って、覚悟した。膝の上で両手を組む。

今日、実優をここに呼んだ理由。どうしても彼女にわかってもらいたかったこと。

自分の拙《つたな》い言葉が届くだろうか。

少しでもラトの気持ちを理解してほしい。――そんな願いを込めて、口を開いた。

『あいつは責任感が強い。こうと決めたら絶対に諦《あきら》めないし、必ず信念を貫く。ラムジの暴走も、必ずこの国で止めてみせると言った。あいつの覚悟は本物だ』

しかし、と言葉を続ける。

『ラトが……ひとりの女性に執着したのは、初めて見た』

実優の黒い瞳が丸くなった。どうやら驚いているらしい。

だが、それが真実だ。

ラトはハシムと共に成長するにつれ、今のセルデアの歪みを知った。

保守派と革新派が常に水面下で小競り合いを続けており、王族までもがその派閥に与《くみ》し、時には甘い汁をすすっている。──ラムジのように。

政治の腐敗は、国の腐敗に繋がる。だからラトはひとり立ち上がった。ほとんど孤立無援で、周りに仲間もいなくて、理解者はハシムくらいなもので──

それでもラトは戦うと決めたのだ。セルデアという国は彼から両親を奪った。それでも憎むことはできなかった愛する国のために。

だからこそ、ラトは恋をすることはなかった。いや、そんな心の余裕がなかったと言っていい。

彼が考えるのはいつだって国のこと。王族で、他にない美貌を持つラトに言い寄る女は多かったが、彼が心を傾けることは一度としてなかった。

しかし──この国に来て、実優に出会って、彼は変わった。

『誰かに宝石を贈ったのも、ドレスを選んだのも、食事を共にすることすら、君が初めてなんだ』

『そ、そうなんですか？』

驚愕した顔をする実優に、ハシムは思わず笑ってしまう。

『心外そうだな』

『はい。えっと、こう言ってはなんですけど、失礼ながら、言動が手慣れているといいますか……』

なんと言えばいいかわからない様子で、実優は言い淀んだ。

手慣れている。確かにそう見えてもおかしくない。だが、彼が今まで恋をしなかったのは、他にも理由があった。

『ラトは立場上、軽はずみな恋愛はできないんだ。だからあいつは女性を口説いたことすらない』

『なるほど……。って、待ってください。じゃ、じゃあ、私に対する……あの言葉は……』

実優の顔が、どんどん赤くなっていく。

そうだ。あれが偽りのないラト自身の気持ちなのだ。それだけを伝えたくて、ハシムはここに来た。

こちらが身もだえしそうな甘い言葉。気障《きざ》すぎる言葉。

――あの時、実優が嘘だと決めつけて、ラトの気持ちを疑ってしまった言葉。

ハシムは大きく頷く。

『全部、あいつの本心だ』

実優はぼうっとした目でハシムを見つめた。やがて彼女はパッと両手を頬に当てて「落ち着いて、私」と自分に言い聞かせるように呟く。

ハシムはくすりと笑った。

この調子なら大丈夫だろう。少なくとも、もう頑《かたく》なにラトを拒むことはないはず。

いや、そうであってほしい。ハシムは、実優に同情しつつもラトの恋を応援しているのだ。

『俺が言いたかったのはそれだけだ』

そう言って、コーヒーを飲み干し、店員を呼ぶ。

「会計、を、お願いします」

カタコトの日本語を話して、代金を支払う。

日本語の聞き取りや筆記はできるのだが、どうにも言葉にするのが苦手だ。発音が独特で難しい。器用に日本語を操るラトが羨《うらや》ましいくらいだ。

実優は、下を向いて黙っていた。

ラトに出会ってから今までのやりとりを思い出しているのかもしれない。

ラトは自分の立場を理解していたから、恋愛を遠ざけていた。そんな彼が大切な使命を持って日本に来て――そして、実優に出会った。

出会いのきっかけはラトの打算に基づくものである。ラトはラムジを監視するために、実優に近づいた。その事実は変わらない。

なぜなら、そもそもラムジが実優を気に入らなければ、ラトは絶対に実優に近づかなかったからだ。

ただ、遠くから彼女を見ていただけ。本当は、それで終わらせるつもりだった。王子という立場があったから、彼なりにわきまえようとしていたのだ。

しかしラムジが来日し、彼の『お気に入り』に実優が選ばれてしまったから、ラトは実優に近づいた。あの夜、スカーフを桜吹雪に舞わせて印象的な出会いの場を作り上げた。

しかし同時に、完全な打算だけではない気持ちがあったのだと、信じてほしいのだ。

――調子のよい話だと、わかっていても。

ラムジに関することで、実優を試していたのは本当だ。でも、これまでの間に、ラトが実優に言った言葉は嘘ではない。

どうか、すべてを否定しないでほしい。

『実優。虫のいい話だとわかっている。それでも、少しでもいいから、ラトを信じてあげてほしい。ただ、ラムジのことを黙っていたのは……申し訳なかった』

小さく、だがはっきりと謝罪の言葉を口にして、ハシムは喫茶店をあとにした。

しかし、実優はそれに気づかないまま、スマートフォンを見つめていた。

◆　◆　◆

しばらくして、実優はふらふらした足取りで喫茶店を出る。

駅ビルの文房具店に寄ることすら忘れて、足は勝手に会社に向かって歩いていた。

呆然と、力ない足取り。

これから私はどうしたらいいのだろう。頭の中を占める思いはそれだけだった。

何度も連絡をくれたラト。きっと謝りたかったのだろう。そして自分の立場や状況を説明しようとしていたのだ。それなのに、実優は頭に血が上《のぼ》って、感情が先に爆発して、酷い言葉を投げつけてしまった。

あの時のラトの切ない表情を思い出す。本当はたくさん言いたいことがあったのだろう。『言い訳』ではない、彼の言い分が。

……自分から謝ってしまおうか。

でも、ラトはきっと忙しいはずだ。どのタイミングで電話をすればベストなのかわからない。

じゃあ、また連絡が来るまで待つ？

悠長に待っているうちに彼がセルデアに帰ってしまったら、もう二度と会えないのに。

でも、じゃあ、どうしたら――

ぐるぐると出口のない迷路を彷徨《さまよ》っているみたい。

実優は「ただいま帰りました」と言って、支社の営業部に戻った。

――すると、そこに、営業部長と支社長が待っていた。

「ああ、やっと帰ってきたか。待ちかねたぞ」

「え、私に用事があったんですか？」

さっき、実優がデスクワークをしていた時はふたりともいなかったはずだ。支社長はうしろ手に持っていた紙を取り出し、それを部長に渡す。

「柏井、君は異動希望届を出していただろう」

「あ、はい。本社の人事部に先日出していたばかりですけど……」

なんだろう、嫌な予感がする。実優が、えも言われぬ不安感に戸惑っていると、部長はニタリと、嫌な笑みを浮かべた。

「君の希望を認めることにした。場所は海外――セルデアだ」

「……は？」

思ってもみなかった言葉に、実優は目を丸くする。

「まあ、異動ではなくて転職だな。松喜エンジニアを辞めてもらい、うちと仲良くさせて頂くセルデアに就職してほしいんだ。上司はラムジ殿下で、君の仕事は――ラムジ殿下のお世話だよ」

実優はじりじりと後ずさりをした。周りにいる社員も、あまりに突拍子《とっぴょうし》もない『転職話』に、なにごとかと注目している。

「意味が……わかりません」

実優は低い声で言った。本当に理解できない。セルデアに行けというのもわからないし、どうして上司がラムジで、しかも彼のお世話をしなければならないんだ。それに『お世話』とは、いったいなにをするんだ？

頭の中に渦巻く疑問。

部長はこれ以上ないほど明確に、その『仕事内容』を口にした。

「要するにだ。ラムジ殿下の『妾《めかけ》』になってほしい」

――今度こそ、実優は言葉をなくした。

唖然として、目を見開くのみだ。

「これは大変栄誉あるお話なんだぞ」

支店長が、なにか、言っている。

「ラムジ殿下は、現セルデア王が廃止した妾《めかけ》制度をふたたび興《おこ》そうとなさっている。すべては、セルデアの繁栄のためというご英断なのだ」

ハシムが極秘だと言っていたことを、こんなにたくさんの人がいる中で話す、その神経がわからない。今、そんな制度を復活させたら、内戦の傷を残す国民がどう思うのか、彼らはなにも考えていないのだろうか？

「ラムジ殿下が来日したのは、我が社との契約の他に、ご自分で建設された『後宮』と呼ばれる城の中で、殿下のために尽くしてくれる妃――『妾《めかけ》』を探しておいでだったのだ」

「妾《めかけ》は、世界中から呼び寄せた美女揃いだそうだ。なぜ、君のような女性をラムジ殿下が選んだのかは知らないが、さっそく今からラムジ殿下のところへ行き、今後の打ち合わせをしてくるように」

実優がその提案を呑むのは当然、と言わんばかりに、部長が命令する。

周りからヒソヒソと話し声が聞こえる。

「ありえない」、「部長も支社長もなにを考えているの」、「ちょっとやばくない？」

その内容は、戸惑いと支社長や部長に対する嫌悪に満ちている。

実優だって嫌に決まっている。妾《めかけ》なんて、ようは愛人じゃないか。しかも世界中から女性を集めるなんて、悪趣味にもほどがある。

そんな条件を呑んだ部長たちもどうかしている。どれだけ巨額の金が動いたのかは知らないが、完全に人として大切ななにかを見失っている。

「お断りします。そんな、身売りも同然の『転職』。私には――」

毅然《きぜん》と言い放って、ふと、実優は思いとどまった。

（待って。ラムジ王子は、明日にはセルデアに帰ってしまう。ラトたちは、ちゃんとラムジ王子を止めることができたの？）

ラトは、ラムジの公費私物化を止めるために来日したと言っていた。そのために彼らは今も奔走《ほんそう》しているのだろうが、果たしてラムジの帰国までに間に合うのだろうか。

ぎゅっと拳を握る。もしかしたらこれは、チャンスかもしれない。

（ラムジの妾《めかけ》計画。その全貌が明らかになれば、セルデアの国民は黙っていないし、現国王だって

動くはず。ラムジは、今のような好き勝手はできなくなる)

実優がうまくラムジから情報を聞き出して、国費で贅沢《ぜいたく》をしているという証拠が掴《つか》めたら――

(私が、ラトの役に……立てる)

何も持っていない自分だけど、彼の力になれるかもしれない。ラトを傷つけてしまったけれど、彼の役に立てたら喜んでくれるだろうか。

あの綺麗《きれい》なエメラルドの瞳で、実優に、微笑んでくれるだろうか。

こく、と生唾を呑み込んだ。果たしてうまくできるかどうか、自信はまったくない。

けれども、これだけは言える。

ラムジ王子は、セルデアの王冠をかぶってはならない人なのだ。

「いえ、私……行きます。ラムジ殿下と打ち合わせをする場所を教えてください」

唐突に意見を変えた実優に、あたりはどよめく。そして支社長が満足そうに手を叩いた。

「ああよかった。君が行ってくれないと、困り果てるところだったよ。なにしろ君が受注の――」

「支社長!」

部長が慌てたように支社長を肘《ひじ》でつつく。

「あ、ああ、そうだった。うん。とにかく君、柏井くんだったね。君は誇ってもいいことをしたんだ。セルデアと我が社、両方を繋ぐ架け橋となるのだからね!」

大げさに両手を広げて言う支社長を、実優は決意を秘めた目で見つめた。

第六章　ラトの天秤《てんびん》

――滞在しているホテルでラトは、黙々と血縁者を蹴落とす手筈《てはず》を整える。

二十年前、セルデアの資源を巡って争った、前・セルデア国王の子供たち。今では生き残りは現国王ただひとりだが、彼は当時、なにを思って戦っていたのだろう。

猛々《たけだけ》しく『自分が正義だ』と言い張るつもりはない。

むしろこれは、単なる逆恨みなのかもしれない。

二十年前、自分から両親を奪った内戦。その上で成り立つ平和の中で、安穏《あんのん》と自堕落に生きる彼が、どうしても許せなかった。

セルデアの平和の導《みちび》き手と言われ、自分自身も尊敬している現国王の、唯一の子供。

かの王の手から愛息を奪う。

ラムジを蹴落とすということは、自分が最も嫌悪するあの内戦を再現するも同然なのだ。たとえ王がそれを望んでいるとしても、これは血縁者同士の争いなのだから。

――ぼうっとしていた。

ラトは慌てて首を横に振り、メールの続きを打つ。

日本で革新派に会えたのは本当に僥倖《ぎょうこう》だった。実優を尾行して彼女を不安にさせていたのは咎《とが》めたが、自分が現状を説明したらすぐに納得して、彼女から離れてくれた。そしてラトは革新派と手を組み、ラムジを策略にはめる手段を講じている。

内戦時、革新派が君主制廃止を望んだのは、上に立つ者が愚かだったからだ。

現国王の気持ち、そしてラトの覚悟を話せば、ちゃんと理解してくれた。

実際に、彼らは内戦が終わってからのセルデア復興を目にしている。ここまで鮮やかに善処したのなら、それは良き王だ。彼らの生活も格段に飛躍したのだから、現国王に感謝こそすれ、憎みはしていない。革新派もセルデアを愛する国民のひとりなのだから。

しかし、だからこそ、ラムジの愚行は目に余るのだろう。

〝ある程度〟なら、証拠は揃った。

身分を偽り、松喜エンジニアで視察という名の潜入を果たし、ラムジと件《くだん》の企業の『取引内容』は調べ上げた。

おおむね、ラトが勝つだろう。だが、ラムジから甘い汁を吸っている保守派は黙っていないはずだ。

もっと確実に完膚《かんぷ》なきまでに、ラムジが言い訳ひとつできないほどの明確な証拠があれば、保守派もさすがにラムジを擁護できないだろう。だから、あと一歩足りないと思うところはある。

（ラムジは狡猾《こうかつ》だ。こんなにも状況証拠は揃っているのに、物的証拠が少ない。国費の私物化、資源の私的運用、保守派への金の流れも掴《つか》んでいるが、それらを突きつけたところで、侍従が勝手にやったのだと決めつけて、先に処断してしまう可能性もある）

ラムジにとって、自分以外のすべては『道具』だ。

なんでも言うことを聞く従順な侍従でさえ、保身のためなら平気で殺すだろう。

「ラムジにとって想定外のこと、混乱、あるいは騒ぎでも起こせば……」

額《ひたい》に手を当て、考える。

その時、書斎のドアが開いた。ラトが振り向くと、そこにはハシムがいた。

『今、帰った』

英語で帰還を報告するハシムに、ラトはすぐに背を向ける。

『……彼女は？』

ハシムには、実優の監視をさせていたのだ。彼女はこの国において最も重要な鍵となる人物であるため、つきっきりで見守っている。今頃は、ハシムと交代した革新派のメンバーが実優のあとをつけているはずだ。

つい先日まで実優を疑い、尾行していた連中が、今度は実優を守っている。何ともおかしな話だが、彼らの敵は実優ではない。彼女に執着するあの男なのだから。

『今のところ問題ない。彼女は普段通り仕事をしている。ただ、できる限り上司と顔を合わせないように避けているようだ。本社にかけあって、今の支社から離れようとしているな』

『そうか。ラムジの件を引きずっているのだろう。あそこの上層部は、どうにも好きになれない。実優のような人がいるとわかっているから問題ないものの、実優を知らなければ、日本人そのものを嫌悪していたかもしれない』

思わずぼやくと、ハシムはラトの隣に来て淡々と言った。

『唾棄《だき》すべき人間であるからこそ、ラムジの提案に乗ったのだろう？　そんなやつらは、日本のみならず、世界中にいる』

『わかっている。いつだって人をないがしろにするのは、同じ人間だ』

ラトは立ち上がり、書斎を出てリビングに入った。

ここは、ラトが出資しているホテルの一室である。前に実優を連れて行ったホテルと同じ系列だが、向こうはリゾートホテルで、こちらはビジネスホテルだ。目立たず潜伏するには、こちらのほうが都合が良かった。

長期滞在に向いたスイートクラスの部屋。

ミニキッチンに立つと、湯を沸かしてコーヒーの準備を始めた。

――本当は、もっとハシムに聞きたいことがある。

実優は元気にしているか。笑顔は取り戻しているか。自分のことを許していないか。もしくは嫌っているか。顔も見たくないほど怒っているのなら、せめて――一言、声を聞かせてもらえないだろうか。

油断すると、頭に浮かぶのは実優のことばかり。

だが、彼女に嫌われてしまったのは紛れもなく自分の責任だ。

あの日、あの時、あの地下ガレージでハシムと話なんてしなければと後悔したが、そんなものは単なるきっかけにすぎない。

自分がラムジのことを調べるために実優に近づいたのは嘘ではない。彼女を通してラムジの動向を窺うのも目的のひとつだった。利用されたと実優が怒るのも仕方がない。

ガリガリと、お気に入りのコーヒー豆をミルで挽く。

このコーヒー豆みたいに、自分の心もガリガリ削って粉になってしまえばいいのに。

ドリッパーにセットして、湯を注いで、自分の心をコーヒーにするのだ。

それを実優に飲んでもらったら、彼女は自分の思いを理解してくれるだろうか。その優しい心の中に、受け入れてくれるだろうか。——許しては、くれないだろうか。

ガリガリ、ガリガリ。

とりとめのないことを考えながらコーヒー豆を挽いていると、湯が沸いた。

ゆっくりと湯を注ぎ、コーヒーを淹《い》れる。

地下ガレージで、実優に言われた言葉がずっと耳の奥で繰り返されている。

何も知らない自分を舞い上がらせるのは、そんなに楽しかったのかと、彼女は言った。

全部、嘘だったのだと。

試していたのだろう、と。

違う！　と、大声を上げて言いたかった。そんなわけがない。君に言った言葉に偽りはない。すべて本当のことだ。

真面目に生きる君が美しいと思ったことも。己の人生に悔いもなく、当たり前の日常を真剣に生きている実優の瞳が綺麗《きれい》であることも。

きらびやかに着飾る君に見蕩《みと》れて、心にわだかまっていた悩みは一気に吹き飛んで。

人生で初めての、ワガママを考えた。

実優を自分のものにしたい。彼女に、自分の愛を受け入れてもらいたい。

けれども、そのためには——

どうしても、実優とラムジの繋がりを調べておかなければならなかった。

ラムジは気に入った女に贅《ぜい》を与えるクセがある。間違いなく、あの男は実優にもなにかものを与えようとしているはずだ。

もし、宝石ひとつでも握らせていたら、まずいことになる。彼女自身にもらう意思はなかったとしても、セルデアの国費から買い上げた宝石を受け取ったという事実が、人々にマイナスの印象を与えてしまうのだ。

だから調べる必要があった。もし、ラムジから高価な贈り物を受け取っていたら、早急に手放させて、彼女を守る必要があったのだ。

結果的に、彼女はなにももらっていなかった。……いや、実優の性格を考えたら、彼女が宝石を受け取るなどありえない。そんな当たり前のことに、彼女を試してから気づくなんて、我ながら愚かすぎる。

——宝石を前に、目の色を変える女性は、小さい頃からたくさん見てきた。

セルデアにある潤沢な宝石の鉱脈をめぐって、虚しい争いまで起きた。

ラトは、美しい宝石に潜む誘惑の魔を、よく理解していた。

だが、実優に関しては、もうひとつ懸念があったのだ。それはラムジが画策している『妾《めかけ》制度』の問題である。

ラムジが実優を気に入っているのは明確だ。

それならきっと、妾《めかけ》の話を持ちかけるはず。それについてもさりげなく実優に聞いておく必要があった。どうやら今のところ、彼女は何も聞いていないようだが、明日にはラムジが帰国する。きっと今日中に、なんらかの動きがあるだろうと思って、今も実優を監視させているのだが……

コーヒーを淹《い》れ終わって、ため息をつく。

自分はいったい、何がしたいのだ。実優を守りたいのか？　それともラムジを失脚させる材料が欲しいのか？　自分は実優をどうしたいのだ。彼女の人生に責任が持てるのか。

自分が関われば、間違いなく実優の人生は、ひっくり返ってしまうのに。

幸せでいてほしい。でも、傍にいたい。争いなどない穏やかな国で健やかに生きていてほしい。嫌だ、それでも私の手を握ってくれ。

——いつか、君の魅力に気づく素敵な人が現れるはずだ。社会的立場など関係ない、至って普通で、優しい人が。そして君は当たり前の幸福を得て、自分が産まれ育った国で、ずっと元気に——

いやだ、いやだ、いやだ、嫌だ！

心の中で、自分自身が叫ぶ。他の男と幸せになる実優なんて見たくない。そんな未来は望みたくない。

やっと見つけたんだ。自分だけが見つけた、綺麗《きれい》な花。

遠い異国で、代わり映えのしない日常を真面目に生きるただひとりの女性に、恋をした。

本当は、なにもかも投げ捨てて、実優の傍に行きたい。

話して、誤解を解いて、改めて愛を口にして。なにがなんでも自分のものにしたい。

そう思っているのに、今の自分はこんなところで、暢気《のんき》にコーヒーを飲んでいる。

ラトが二回目のため息をついた時、ハシムが静かな口調で話しかけた。

『すべてから逃げてもいいと思うぞ』

振り向くと、ハシムは窓の向こうを見ていた。眼下に広がる東京の景色——ではなく、彼の心の中にあるふるさとを思い出しているのだろう。

『セルデア国民の命がお前にかかっている——などと言うつもりはない。今のお前は、まだなんの責任もないんだ。ラムジが王になるのだとしても、その時にはまた、セルデアの情勢も変わっているかもしれない』

ハシムは、ゆっくりとラトに目を向けた。

今なら、たとえ国外に逃げたとしても、誰もお前を咎《とが》めないぞと、彼は言っている。

『まさかハシムに慰《なぐさ》められる時が来るとはね』

ははっと、ラトは軽く笑った。ラトに対して厳格な彼がそんなことを口にするほど、今のラトは落ち込んでいるように見えるらしい。

ふたり分のコーヒーカップを持って、リビングのソファに座る。ひとつをハシムに勧めて、ラトはコーヒーをひと口飲んだ。

『ありがとう。でも私は、自分の使命から背を向けるつもりはないよ』

口に出して、改めて思う。やっぱり自分は、母国を愛しているのだ。それこそ、実優と同じくらいに。その国に住む人々も、山も、海も。すべてを守りたいと思う、大切な宝物だ。

『それに、今逃げたら、私が生まれた意味がないからね』

ラトはコーヒーカップを両手に持って、目を伏せる。

八歳の時、両親はテロ行為の犠牲となった。同じ場所にいたラトを命がけで守って、その命の炎は燃え尽きた。

死ぬ直前、父はラトに言ったのだ。

『お前は次代のセルデアを守るために生まれたのだから、今が辛くても、生きろ』と。

ラトは父の言葉を一言一句間違いなく覚えている。

内戦が終結して、現国王はラトの境遇を憐れんだ。そして、幼年期くらいは両親を亡くした王宮ではなく、のどかな街で心を癒《い》やしたほうがいいと、ラトの母の兄に預けたのだ。

ラトとハシムとの縁は、そこから始まっている。

『それでもね、うん。君にだけ本音を言うけれど、私がただの男なら、今頃は実優をさらって南国のリゾート地でバカンスに興じているだろうね』

ラトがおどけた様子で笑うと、ハシムが呆《あき》れたような顔をする。

『でも、やっぱりできない。セルデアをこのままにして逃げたら、私は、私を許せないよ』

実優を手にしたい。なにもかもから彼女を奪って、ふたりだけで幸せになりたい。

そんな自分勝手な気持ちは確かにあるけれど、やはり自分は、ラトであると同時に、ラティーフ王子でもあるのだ。

『それに、逃避する私なんて、実優が許さないと思うんだ。彼女は真面目だからね。そういう融通の利かなさそうなところが愛しくてたまらないのだけど』

『まったく。お前たちはまるで違うようでいて、実は似たもの同士なのかもしれないな』

はあ、とハシムがため息をつき、ソファに座ってコーヒーを飲み始める。

『現国王は聡明な方だが、来年で御年七十五になられる。持病も患っておいでだから、ラムジが跡を継ぐのは遠い先の話じゃない。——それを、国王は最も懸念しておられる』

『少なくとも、今のラムジが国王になれば、問題が起こるのは明白だな』

ラトの言葉に、ハシムが応じた。ラトはコーヒーカップをテーブルに置いて、両手を組み、目を伏せる。

『ああ。あの利己主義に国を任せたら、たちまち大国に利用されて骨の髄までしゃぶり尽くされるだろう。自分に有利な条件を呑む国に次から次へと乗り換えて——セルデアの資源を巡って、ふたたび争いが起きる。今度は身内同士の内戦なんかでは済まされない』

『大国同士の代理戦争が起きる可能性は充分ある、ということだな』

それはラトにとって、最も避けなければならない、最悪の未来だ。

セルデアの資源は、他国に依存せず、王室が厳密に管理しているからこそ、国民は安心して暮らせているのだ。ひとたび他国の企業に任せたら、次から次へと別の国の者が押し寄せるのは目に見えている。

そう、セルデアの資源は、豊富な鉱脈にある。金や宝石をはじめとして、他にも様々な鉱石が採れるのだが、その採掘量は国によって厳重に定められている。誰であろうと、定められた量以上を採掘すること、そして、鉱石の密輸は絶対に許されない。殺人罪にも等しいほど、厳罰化されている。

今、ラムジにかけられている容疑はふたつある。ひとつは、国庫を私物化していること。そしてもうひとつは——セルデアの鉱石の、個人輸出。つまり密輸だ。

『セルデアで採れた廃石、本来は道路の舗装材や鉱山のテーリングダムに利用され、余ったら廃棄されるだけの石だが、その廃石からレアメタル成分が抽出できることがわかったのが、ラムジの悪巧みの始まりだったな』

腕を組み、ハシムが思い出したように言った。ラトは頷く。

『ラムジにしてみれば、捨てるはずの廃石から偶然、利用価値を見つけたんだ。ビジネスに繋げたいという発想は理解できるけどね』

『偶然ではなく、必然だろう。セルデアの鉱物学研究が進めば、みんながおのずと知ることだった。ただ、ラムジの金儲けに関する嗅覚が人並み以上に鋭かったんだ』

『はは、彼の金儲けの才能はセルデア一だからね。まあ、それはそれで良かったんだよ。廃石のレアメタル転用はセルデアにとっても朗報だった。……ラムジが国の機関にレアメタルのことを報告せず、秘密裏に廃石を独占して、密輸しようとしなければね』

ふっ、とラトは仄暗く笑った。

密輸は重罪だ。ラムジの企みを国王に報告した時、かの王は頭を抱えた。

そしてラトに言ったのだ。頼むから、彼が罪を犯す前に止めてほしい、と。

どちらにしても、ラムジの失脚は免《まぬか》れない。しかし、殺人罪と同等の罪である密輸に手を染めたら、国王は血の繋がった実の息子を、自《みずか》ら処罰する立場になってしまうのだ。

それはあまりに酷な話だったから、ラトは王の密命を受け、ダミー企業を用意し、護衛のハシムを連れて日本に来たのだ。

『松喜エンジニアに潜入して、かの企業との裏取り引きの証拠は集まったから、密輸容疑でラムジを裁判にかけることはできる。だが、今ひとつ決め手に欠けるのは確かだ』

それだけがラトの懸念だった。ラムジの背後には、彼から甘い汁を吸っている保守派が控えている。保守派は革新派に比べると人数こそ少ないが、要職に就いている者が多いのだ。このままでは裁判にこぎ着けたとしても、彼らの手厚い擁護で不起訴になり、現状のままラムジの職権乱用が続く可能性が高くなる。

『だからこそ、密輸容疑の他にもうひとつ、別の容疑をかけておきたいんだが……』

『そちらの証拠が、状況証拠のみで、物的証拠がまったく手に入らないのは辛いところだな』

『それこそ、ラムジの懐《ふところ》に飛び込みでもしないと難しいな』

ふぅ、と困ったようにラトが呟いた時――

ピリリリ、ピリリリ。

スマートフォンが鳴り響いた。ラトがすぐさま電話に出る。

『どうした。なにか動きが――』

『殿下っ！　ラムジが、実優嬢を拉致しました！』

ラトは目を見開かせた。声の王は実優の監視を頼んでいた革新派のひとりだ。すぐさま立ち上がって、部屋の出口に向かう。

王子の務めとか、セルデアの未来とか。公人として考えなければならないことがすべて消え去って、頭の中には実優ただひとりがいた。

『ハシム、先に行け！』

ラトよりもハシムのほうが足が速い。ラトが呼びかけるのと同時に、ハシムは狼のように速く駆けていった。

なにかしでかすだろうとは思っていたが、いきなり実力行使に出るとは。いや、ラムジの性格を考えればそれもやむなしだっただろうか。

それでも、この異国で拉致をしでかすなんて、さすがに想像していなかった。

（仮にも王室の人間だぞ。拉致など、まるで賊じゃないか！）

ぎゅっと唇を噛みしめて、自分に落ち着けと言い聞かせる。

（実優、私が駆けつけるまで、無事でいてくれ！）

今までにないほど強く、必死に、ラトは神に祈った。

第七章　プリンス・ランページ

ラムジによる、妾《めかけ》制度復活計画。その一端として、実優を迎えたいらしい。

その打ち合わせ場所として部長に指示されたのは、本社のロビーだった。

だだっ広いロビーの端にはちょっとした歓談ができそうなソファ席があって、実優の向かい側にラムジ。そして彼のうしろには、いつも傍にいる侍従と厳つい男がふたり、控えていた。

ラムジのボディーガードだろうか。体格はハシムと同じくらいで、黒いビジネススーツを着ている。しかし中になにかを仕込んでいるのか、やけにパツパツして窮屈《きゅうくつ》そうだった。

『よく来たな。やけに支度に時間がかかったようだが、まあ、素直な女は嫌いではない』

ラムジはやけに上機嫌だ。いつも通り、ゆったりしたセルデアの民族衣装を着ており、腹がぽっこりと突き出ている。腕にはじゃらじゃらと金の腕輪が、すべての指には色とりどりの宝石がついた指輪が嵌《は》まっていた。

『いつもの地味ななりと違い、今日はめかし込んでいるじゃないか』

ニヤニヤと笑みを浮かべて、実優の頭から足先まで、舐《な》めるように見る。

思わず気分が悪くなったが、毅然《きぜん》と前を向いてラムジから目をそらさなかった。

『センスのかけらもない女だと思っていたが、なかなかそのスカーフは趣味がいい』

『……ありがとうございます』

実優は短く礼を口にする。服装は普段と変わらないビジネススーツだが、今の実優は首にスカーフを巻いていた。

――そう。ラトが夜風に流した、あのスカーフだ。琥珀《こはく》色のシルクに幾何学《きかがく》模様が描かれたスカーフは、首に巻くと柔《やわ》らかく、シルクの肌触りが心地良い。

いつかデートのお礼と一緒に返そう。そう思って、なかなか返すタイミングが計れなかったスカーフは、ビジネスバッグのポケットに贈り物とともに仕舞ったままだった。

実優はそっとスカーフに触れる。少しでもたくさん勇気が湧きますようにと、ラトのように颯爽とできますようにと、祈る気分で巻いたのだ。

『さて、話は聞いていると思うが。私はお前を気に入ったのだ。私の寵愛《ちょうあい》を受け、私に従うのなら、贅《ぜい》を尽くした生活を約束してやろう。お前にとって、これほどの名誉はあるまい？』

下卑《げび》た笑みに、実優は顔をしかめる。だが、膝に置いていた手をぎゅっと握った。

『質問がひとつあります。……どうして私をお気に召したのですか？　正直なところ、私はあなたのお眼鏡に適うような女とは思えないのです。もっと美しい人はいるでしょうに、どうして私を選ばれたんですか？』

実優が尋ねると、ラムジは納得したような顔で何度か頷く。

『もっともな質問だ。それに答えるには、まず私の計画を教えねばならんな』

いよいよだ。実優はコクッと生唾を呑み込む。

『現国王が廃止した妾《めかけ》制度を、私は復活させるつもりでいる。かつての王の中で一番派手で、趣向を凝らした他にない後宮を、作り上げるのだ』

そう言って、ラムジはうっとりと虚空《こくう》を眺める。

それに対して実優は、不可解に眉をひそめていた。彼はなにを言っているのだろう……

『革新的ハレム。私が建造した後宮に一部屋ずつ、妾《めかけ》を住まわせる。その妾《めかけ》は世界中から集めた、各国の特色にもっとも近い女たちだ。つまり、女がひとつひとつの国を表しているのだよ。私の後宮は、言わば人種のギャラリーも同然になるのだ』

ククク、と笑う。実優はあまりに酷い『妾《めかけ》制度』の内容に、呆《あき》れて言葉も出ない。

やがてふつふつと怒りが湧き上がって、気づけば声を上げていた。

『女性を見世物みたいに扱うなんて！　女性は、あなたのコレクションじゃありません！』

思わず立ち上がると、うしろに控えていた護衛もザッと構える。しかしラムジは軽く手を上げて、護衛の動きを止めた。

『よい。お前は、私が見立てた通りの〝日本〟を一番よく表現している女だ。それくらい真面目であるほうが、逆に特徴が出て後宮でもそれなりに映える花となろう』

日本を表現している？

実優は、彼が口にする言葉の意味がまったく理解できない。

『真面目で勤勉、融通が利かない、地味な見た目と野暮ったい眼鏡、近寄りがたい。お前は私が思い描いていた日本人のイメージそのものなのだ』

目を見開いた。

ラムジは最初から――これが、目的だったのだ。

『あ、あなたがお忍びで来日した理由は、インフラ建設を発注するための視察じゃなかったんですか？』

『それは単なる建前だ。私は、世界が欲しがる〝宝〟を持っている。それを餌に、もっとも私の要望を満たした企業と取り引きしているのだ。日本でいえば、ここ――松喜エンジニアだ』

『まさか、その……要望、というのは……』

わなわなと実優は肩を震わせた。ラムジはニヤリと笑う。

『もちろん、私の計画に必要な妾《めかけ》を、世界から集めることだ』

なんということだ。そんな馬鹿げた計画に、うちの会社は加担したのか。

実優は思わずめまいがした。

支社での、支社長と部長の様子を思い出す。最初から、彼らはすべてをわかっていたのだ。あの日――ラムジを接待するために、ホテルに女性社員を集めたのは単なる花持たせではない。むしろ女性社員がメインだった。あれは接待ではなく、ラムジに『妾《めかけ》』を選ばせる審査会だったのだ。

ぎゅっと手を強く握る。

バカにしている。女性をこれ以上ないほど侮辱している。

——もう、限界だ。ここまで話を聞けば充分だろう。ラムジと松喜エンジニアは人身売買にも等しい方法で取り引きを成功させようとしている。そんなこと、倫理的に許されるはずがない。このことが世間に公表されたら、さすがのラムジも困るだろう。

実優のポケットには、普段議事録を作成するために使っているICレコーダーが入っている。ラムジとの会話はすべて録音されているから、これをラトに渡せばいい。

『申し訳ありませんが、この話、お断りさせて頂きます』

実優は毅然《きぜん》とした態度で言い放った。

『妾《めかけ》という話はすでに部長から聞いていました。ですが、人種の違う女性を集めた上に、それをギャラリーなんて称する、人を人とも思わない人間のところには行きたくありません』

実優は唾棄《だき》する思いでラムジを睨《にら》んだ。

それは人種差別も甚だしい、この世でもっとも汚らわしい悪趣味だ。

つくづく、実優は悔やむ。ラトの言い分は正しかった。こんな男に気に入られたら、それは心配するだろうし、彼になにかされていないか調べたくもなるだろう。

(ごめんなさい、ラト)

実優は心の中で、彼を疑ったことを謝った。そしてラムジから背を向け、ロビーから外に出ようとする――

『私の計画を君に話したのは、君がすでに、計画の一端に入っているからなのだぞ』

うしろから、ラムジが呼びかける。

『つまりお前は、〝売却済〟ということだ』

え、と実優が振り向いた。しかしもう、遅かった。

目の前には、あの屈強な体格のふたり組の男。大きな手がヌッと伸びたかと思うと、実優の口に口枷《くちかせ》のようなものをはめ込み、もうひとりが黒い袋のようなものを被せてくる。

声を上げようにも、口枷《くちかせ》が邪魔をして、くぐもった悲鳴が出るのみだ。

そして実優は軽々と宙に浮き上がって、担がれる。

いったいどこへ連れていこうというのか。実優はいまだかつてない恐怖を覚えるも、暗闇に閉ざされた袋の中では、なにも見ることはできなかった。

車のエンジンをかける音、バタバタと慌ただしい靴音、荷物のように持ち上げられてガクガク揺れる体。

袋の中は息苦しい。実優が酸欠に苦しみ始めた頃、乱暴に床へ落とされた。ようやく袋が取り払われ、口枷《くちかせ》も外される。あまりに乱暴に扱われたはずみで、眼鏡がどこかに飛んでいってしまった。

実優は新鮮な空気を思い切り吸い込みながら、眼鏡を手探りで探し、ようやくそれらしいものを掴《つか》んで顔にかけた。

そして、あらためてあたりを見回す。

そこは贅《ぜい》を尽くしたような絢爛《けんらん》豪華な部屋だった。実優は天蓋つきベッドの上で、目の前にはラムジがいる。

『ここは私が所有している客船だ』

『きゃ、客船？』

つまりここは海の上なのか。実優は驚いて、あたりをきょろきょろ見回す。

『世界を巡って商談するには海を渡るほうが楽なのだよ。飛行機は早いのが利点だが、いろいろな荷物を運ぶのは船が最適だからな』

そう言って、ラムジはチラとドアのほうを見る。

『別室には、お前と同じように、世界中から集めた私の妾《めかけ》がいる。おとなしくしているなら、拘束はしないから安心したまえ。私は寛大な人間だからな』

ニヤニヤといやらしい笑みを浮かべるラムジを、実優は嫌悪をいっぱいにした目で睨《にら》み付ける。

『ああ、その反抗的な態度を調教し、従順にさせる時が楽しみだ』

ラムジは気をよくしたように話した。

『セルデアに帰ったら、妾《めかけ》全員の頭にＩＣチップを埋め込む。これで妾《めかけ》は完全に管理され、逃げることもできなくなる。そうしてゆっくりと、その身を、心を、私好みに染めてやろう』

実優は目を見開いた。怒りよりも恐ろしさが上回って、カタカタ震える。

『家畜はともかく、人間に施術できる医者は少なくてな。金もやたらとかかったが、まあ、そこはセルデアの国庫から引き出したから、私には痛くも痒くもないが……さて』

ようやく無駄話は終わりだとばかりに、ラムジはベッドに乗り込んだ。ギシッとベッドが鳴って、実優はビクッと体を強張らせる。

『まずはお前の味見をしておこう』

じりじりと近づく巨体。腰が抜けた体で這《は》うように逃げる実優。

「やだ、いやだ。来ないで」

『そうそう、お前は生娘《きむすめ》だったな。なおのことといい。じっくりと破瓜《はか》の味を確かめてから、しつけてやろう――』

手首を掴《つか》み、ぐいっと引っ張られる。実優は片手でシーツにしがみつき、首を横に振って叫んだ。

「いやあ！　やめて、嫌だ、触らないで。ラト……ラト！」

気づけば彼の名を呼んでいた。実優は他にすがる相手が思いつかなかった。

「助けて！　ラト‼」

必死に叫んだ。

すると突然、部屋のドアがバンッと大きな音を立てて開く。

『なんだ⁉』

今まさに、実優のシャツを引きちぎろうとしていたラムジは慌てて振り向く。

——そこには、眩しいほど美しい笑みを浮かべるラトが立っていた。

「実優、やっと見つけた」

にっこりと嬉しそうに微笑み、ラトが手を広げる。

実優は考える前に動いていた。自分にのしかかるラトの巨体から懸命に這《は》い出て、転げ落ちるようにベッドから下りる。恐怖のあまり抜けた腰に気合いを入れて立ち上がり、まるで体当たりするようにラトの胸へ飛び込んだ。

「ラト！　ラト……っ」

「ああ、実優。また君に会えて嬉しい。君の可愛い声が聞けて嬉しい」

実優を抱き留めたラトは、痛いほどに抱きしめる。少し息苦しかったけれど、実優の心は喜びでいっぱいになっていた。力強いラトの腕、嗅《か》ぎ慣れた香水の香り、こんなにも愛しいと、ラトの背中を抱きしめてその胸に頬を寄せた。

『ラティーフ！　貴様、どうしてここが』

うしろから憤怒に燃えた声が響いた。実優が慌てて振り向くと、そこには顔を真っ赤にしたラムジがラトを睨《にら》んでいる。

『私は、お前がシンガポールで「商談」を終わらせ、出航した時も監視していたんだ』

『な、なんだと』

『お前は世界各地に現れるたびにホテルに滞在していたが、〝荷物〟が多いゆえに、必ず拠点があると踏んでいた』

それがこの客船なのだと、ラトは言う。

『くっ……、だが、この船は私のもの。船員はすべて私の部下だ。たかが女のために単身乗り込むなど、ヒーロー気取りか。愚か者め、それは無謀と言うのだ』

ラムジはベッドの上で仁王立ちになり、ラトのうしろに向かって声を上げる。

『なにをしている！　さっさとこのネズミを捕まえないか！』

しかし、ラムジが大声を上げたものの、足音ひとつ聞こえない。実優も不思議に思って、あたりを見回した。するとラトが実優を安心させるように優しく頭を撫《な》でる。

『この船に、お前の味方はひとりもいない』

ふ、と笑って、ラトはラムジに視線を向けた。

『船長から清掃員まであますことなく、すべての船員を、私が買収したからな』

『なに……!?』

ラムジが驚愕の表情を浮かべた。

『シンガポールで補充船員を入れただろう。そこに私の侍従を数人忍ばせて、雇い主を私に変えるよう説得してもらったんだ』

『そ、それだけで、船員全員が寝返ったというのか！』

『さすがにお前の侍従たちは無理だが、船を航行するのに必要な船員だけなら容易だ。どうせお前は、セルデアに到着したら船員を軒並み処分するつもりだろう。世界を巡って女を拉致しているなど、世間に暴露されたら困るからな』

ウゥッとラムジがたじろいだ。どうやら図星らしい。

『頼みの侍従たちは、私の部下となった船員たちが抑えている』

そう言って、ラトは実優から離れた。ずんずん部屋の中に入っていき、ベッドの上に足をかける。そしてラムジの胸ぐらを掴《つか》むなり――固く握りしめた拳で、彼の頬を殴り飛ばした。

『ぐわぁっ!!』

バキッと痛そうな音がしたあと、ラムジがひっくり返り、床に尻餅をつく。ラトは彼を殴った手を軽く振って、冷酷にエメラルドの瞳を底光りさせた。

『今のは、私の実優に好き勝手してくれた礼だ。二度と彼女に触れるな。――下衆めが』

吐き捨てるように言い、ラトはベッドから下りて実優の手を握る。

「行こう」

ニッコリ微笑み、実優の手を握って走り出す。

『なにをしている！　行け！　殺しても構わん！』

うしろから、癇癪《かんしゃく》を起こしたラムジの怒声がした。ようやく船員のバリケードを突破したのか、バタバタと複数の足音が近づいてくる。

『ハハハ、どうせフクロのネズミだ。ラティーフ、お前に逃げ場はない！』

実優は走りながらうしろを見た。セルデアの民族衣装を着た人や、ブラックスーツに身を包んだ人たちが、ものすごい勢いで追ってきている。

「ラト！　ここは船なんでしょう。逃げ場なんてあるの？」

「ああ、私に任せて。ほら甲板《かんぱん》に出るぞ。強風に気をつけて！」

ラトがそう言って、甲板《かんぱん》に繋がる扉を開ける。途端に強風が実優を襲って、思わずたたらを踏んだ。

「もう少しだ。あれに乗るよ」

強風の正体、それはヘリコプターのプロペラだった。すぐにでも飛び立てるように、高速回転している。

「へ、ヘリで来たんだ……」

なんという大胆さ。船員すべてを買収してこそ実現可能な潜入方法だった。

ラトと実優がヘリコプターに乗り込むと、すぐさま飛び始める。一歩遅れて甲板《かんぱん》に出たラムジの侍従たちは、口やかましくなにかを言っていた。

「とりあえず一安心だね。ここは横浜《よこはま》だから、今から東京に向かって——」

「ラト」

実優は彼の袖《そで》をそっと握った。膝にノートパソコンを載せて操作し始めたラトは、実優に顔を向ける。

「……ごめんなさい。私、あなたに、酷いことを言いました」

王子だと知って、驚きのあまり、騙《だま》されたと思い込んでしまった。そして彼をなじり、彼にもらったたくさんの言葉を否定した。

「電話もしてくれたのに、私は意地になって無視をしていました。それなのに、私自身がピンチになった途端、ラトに助けてほしいって、虫のいいことを考えてしまって……」

「実優」

名を呼ばれて顔を上げる。その瞬間、ラトは実優に唇を重ねた。

「いいんだ。私も黙っていたからね。君を利用するようなこともしてしまって、ごめん」

静かな口調で謝って、もう一度キスをする。

(ああ――)

実優は、心がゆっくりと蕩《とろ》かされていくような心地よさを感じた。

(私、この人が……好きなんだわ)

ようやく気がついた。いや、本当はもっと前から恋をしていたのだろう。けれども今、やっと自覚した。

(ラトが好き。この人のためになにかしたい。……愛してるって、こういう気持ちのことを言うのね)

気づけてよかった。気づかなかったら、きっと自分は一生、愛を知らなかっただろう。

「実優。本当に、君が無事で良かった」

頬を柔《やわ》らかく撫《な》で、ラトは何度も口づけをする。

「君の身にひとすじでも傷がついていたら、私はきっとラムジを……」

――その時、ヘリコプターを操縦していたパイロットが『殿下！』と叫ぶ。

『ドローンが数機、こちらに近づいてきます！』

実優とラトは互いに目を見合わせた。すぐに窓から外を確認する。

「本当です。まだ小さいけれど……すぐに追いついてきそうです」

ヘリから後方を見るのは難しい。窓にぺったりと頬をつけてうしろを見る実優の横で、ラトがすばやくノートパソコンを操作する。

「ドローンで追跡して、ヘリポートに先回りするつもりだな。ラムジめ、船にあんなものまで積んでいたとは」

ブツブツぼやきながら、ラトは難しい顔をしてノートパソコンを睨《にら》んでいる。そして「よし」と決心したように頷いて、ノートパソコンをカバンに仕舞った。

そして立ち上がると、座席の下にしゃがんでゴソゴソし始める。

「ラ、ラト、なにしてるんですか？」

「パラシュートの準備だよ。私たちはここから降下する」

「こうか……降下あ⁉」

実優は素っ頓狂な声を上げた。その拍子《ひょうし》に眼鏡がずれる。

「向こうに私設のエアポートがある。その周りなら障害物もないし、パラシュートで降りるにはもってこいだ。実際、ここでスカイダイビングを楽しめる施設もあるようだね」

「な、なるほど～……じゃないです！　こ、降下って、ここ、空、お空ですよ⁉」

「だからパラシュートを使うんだよ」

「そそそれはわかってますけど、そうじゃなくて、私、パラシュート使うなんて無理ですよ！」

ただでさえ、高いところが得意というわけではないのだ。遊園地のジェットコースターだって目を回すのだ。命綱もなく空から落ちるなんて死んでしまう！

あわあわする実優をよそに、ラトは手際よく準備を進めて、実優にニッコリと微笑む。

「大丈夫だよ。降下といってもタンデムジャンプだし、私はスカイダイビングのインストラクターの資格も持っているからね。さ、こっちに来て」

「ちょっ、ちょっ、引っ張らないでください！　えっ、本当に落ちるのですか。やだやだやだやだ！　心の準備がまだ……っ！」

わめく実優をよそに、ラトは実優の体にあれこれベルトを取り付けてから、自分の胸に引き寄せ、ふたりの体をしっかり固定する。そして実優にゴーグルをつけたあと、自分の頭にもゴーグルを装着した。

『すまないが、車の手配だけ頼む。速度重視で、車種はなんでもいい』

『了解です。お気をつけて、殿下』

パイロットとやりとりをしたラトは、ヘリコプターのドアをガラッと開けた。

ぶわっと顔に当たる強風。下を見れば雲の上。

気絶しそうな絶景が、目の前にある。

「飛ぶ時は顎《あご》を上に向けて。――愛しているよ、実優」

「こここ、こんな時にそういうことを言わないで……っ！」

「いやあ、こういう時に言うと真実味があるかなって思ったんだ。それじゃ、GO！」

「GO！　じゃな～い!!」

実優が叫ぶも、ラトは構わず空に向かってジャンプする。実優は必死に上を向き、目を瞑った。

ばさばさと髪が暴れる。風という風が頬を叩き、体は大波にさらわれるみたいに揺れる。

怖い、怖い、怖い――――！

実優は恐怖のあまり、ずっと目を瞑り続けていた。すると、ラトの優しい声が耳に響く。

「実優、私の実優」

その声があまりに甘いから、風の轟音の中、耳を澄ました。

「大丈夫だから、目を開けて」

そう言われて、少しは安心できたのだろうか。実優は誘われるようにゆっくりと目を開いた。

「あ――」

バサッと大きな音がして、パラシュートが開く。風という名の壁に当たりながら、実優は思わず感嘆《かんたん》の声を出した。

(私、空を……飛んでる)

それは不思議な爽快感だった。怖くてたまらないけれど、ぴったりとラトが寄り添っているから安心感はある。

パラシュートだけが頼みの綱の、空からの景色。

空はもう夕焼けになっていた。山も田畑も遠くに見える街もすべてが茜色に染まっている。

――なんて綺麗《きれい》なんだろうと、心が震えた。

「着地の合図を出したら、足を上げるんだ。踵《かかと》で着地するイメージを持って」

「は、はい」

緊張しているが、さっきのような恐怖はもうない。実優は腹を括って着地の覚悟を決める。

そんな実優にくすりと笑って、ラトは合図を出した。

「さあ着地するよ。さん、に、いち!」

実優はつま先を上げて、着地の衝撃に備える。だが、ラトが上手に降りたからか、思ったほどではなかった。しかし。

「ふぁあ……」

思わずへなへなと腰が抜けてしまう。ラトはてきぱきとパラシュートを外すと、そんな実優をサッと横抱きして走り出した。

「ちょっ、ひゃああ⁉」

「すまないが、時間がない。何台かのドローンが私たちを追いかけている」

「えっ……」

ラトの首にしがみつきながらうしろを見ると、ヘリコプターに張り付いていたドローンの何台かがこちらに向かっていた。

パラシュートの降下地点はだだっ広い空き地で、ラトは迷うことなく道路に出た。すると、まるで待ち構えていたように、一台の車が停まっていた。

ラトが近づくと、すぐさま運転席が開いて、中から見慣れない男性がひとり出てくる。

『殿下、こちらにお乗りください。私たちは追跡のドローンを破壊します』

彼が言うなり、後部座席から三人の男性がわらわらと出てきた。

『ありがとう。ハシム班から連絡がきたら、すぐに引き上げてくれ』

『了解です！』

男性が助手席の扉を開ける。ラトはその中に実優を乗せ、自分は運転席に乗り込んだ。

そしてアクセルを踏み、車を運転し始める。

「あ、あの、ぜんぜん事態が呑み込めないのですが、ハシム班というのは……？」

「ああ。実はね、私はオトリ役なんだ。私がラムジの意識を引きつけている間、ハシムたちはあの船内を洗う。世界中で拉致された女性の保護や、裏取り引きの証拠などを集めているんだよ」

「な、なるほど！　あ……そうだ、これも……役に立ちますか？」

実優はポケットからICレコーダーを取り出した。ずっと録音していたから、おそらく船内でラムジと交わした会話も録れているはずだ。

ラトは運転しながらチラとそれを見て、ふたたび前を向く。

「もしかして、そのレコーダーで証言を録るために、自分からラムジに近づいたのか？」

「は、はい。……もしかして、ちょっと怒ってますか？」

なんとなくラトが喜んでいない気がして、実優はおずおず尋ねた。ラムジは軽く息を吐いて、ゆっくりと首を横に振る。

「怒っていないよ。……いや、正直に言えば怒っているかな。でもそれは君に対してではなく、私自身に対して、だ」

そう言って、ラトは悔しそうに唇を噛む。

「私がもっと手際よく動いていたら、君を必要以上に危険にさらすことはなかった。すべては私の力不足だ。……それは、どうしても許せない」

心底そう思っているのだろう。ラトの声は低く、苦渋に満ちていた。

実優は「そんなことありません」と、彼に言葉をかけようとする。だが――

「それでもお願いだ。頼むからもう、危険なことはしないでくれ。私は君に役に立ってほしいとは思っていない」

赤信号にさしかかって、ラトは実優に顔を向ける。

そのエメラルドの瞳は、悲しみの色に染まっていた。

「君になにかあったら、私は悲しみのあまり、周りにあるものすべてを壊してしまうだろうからね」

「ラト……」

実優は切なくなって、胸元をぎゅっと掴《つか》む。

「心配をかけて、ごめんなさい。でも私は、どうしてもラトの役に立ちたかったんです。ラトが喜んでくれると思ったから」

彼を不安にさせないくらい、華麗に動けたらよかった。けれども、実際の実優はラムジに近づいたあげく捕らわれて、危ないところをラトに助けてもらった。

情けなくて、自分が嫌になる。こんなにも役立たずな自分が許せない。

実優は顔を歪ませて、俯《うつむ》いた。

「私、ラトが好きだから……ラトが日本を発つ前に、なにか、したかったんです」

「――え」

ラトが目を見開いて、実優を見つめた。

信号が青に変わる。けれども、彼だけが時間から取り残されたみたいに、実優を見たままずっと固まっていた。

うしろの車が焦れてクラクションを軽く鳴らす。

ラトはその音でハッと我に返って、慌ててアクセルを踏んだ。

「そ、そうなのか。私を、……好き、になったのか」

「は、はい」

言われると、なんだか恥《は》ずかしくなってしまう。実優が焦りながら頷くと、ラトは何度か咳払いをして、ポケットからハンカチを取り出して口元を拭いた。

「う、うん。それは、仕方ないな。好きなら、多少の無茶は仕方ない。で、でもやっぱり、私は実優に……」

ラトがそう言ったところで、うしろからゴゴゴ、と地鳴りのような音がした。

トラックが走っているのだろうか？　実優はチラとサイドミラーを見る。

「むっ、追っ手だ！　もう私の居場所を突き止めたのか。ラムジもやるな……！」

ヴン、とエンジンの音が大きく唸《うな》る。彼はアクセルを踏みしめ、スピードを上げた。

「わっ！」

突然の急スピードに、実優の体がうしろに引き寄せられる。

ラトは軽く舌で唇を舐《な》めたあと、ハンドルを切った。車は右側に車線を変更して、そのまま高速道路に入っていく。

実優は体をひねってうしろを見た。すると、この車のうしろから、黒いトラックが三台、横に並んで猛スピードで追いかけてきている。

「あ、あ、あれが、追っ手ですかっ⁉」

「そうだ。東京に向かいながら奴らを撒《ま》く」

「撒《ま》くって、そんな簡単に撒《ま》けるもの……ぎゃわ！」

言葉の途中で、ラトがさらにアクセルを踏んだ。舌を噛みそうになった実優は口を閉じて、ただただ状況を確認する。

ラトの車は高速道路の出口に向かって、一番左端の車線に乗る。当然のようにうしろの黒いトラックも左端に寄せた。

「ワン……、トゥー！」

タイミングを計っていたラトは、出口の直前で掛け声を出し、ハンドルを右に切った。

ラトの車は出口には行かず、ふたたび本線の車線に入る。

すぐうしろのトラックから慌てたようなブレーキ音が鳴った。しかし方向転換には間に合わず、そのまま出口に向かって実優の視界から消えていく。

「うしろ、何台追いかけてきてる？」

ラトに言われて、実優はうしろを見た。

「えっと……あ、一台になりました！」

「よしよし。順調だな――っと⁉」

ラトが慌ててハンドルを右に切った。ぐらぐらと実優の体が揺れる。

「な、なに、どうしたのですか」

実優が尋ねるも、ラトは真剣な顔で運転中だ。すると、すぐ傍から『ドン！』と花火のような音がした。

「え？」

実優が助手席の窓から外を見る。

ヒュン……ドン！

ふたたび花火のような音がしたが、それは花火ではない。何かが車のすぐ傍をかすめて、前方で爆発したのだ。

「まままま、まってあれなに、なんなんですか⁉」

「いやー、まさかロケットランチャーなんて積んでくるとはねえ」

「ろろおおろろ⁉」

ロケットランチャーなんて、アクション映画で見るくらいだ。実物はもちろん見たことはない。

「というか銃刀法違反とか、そういうものは‼」

「ラムジはそんな日本の法律、まったく知らないだろうね」

「勉強して……勉強してください！」

実優がわめくも、うしろからの攻撃は続く。あちこちで爆発が起こって、他の車は大慌てだ。急ブレーキをかけて停止したりと、あたりは騒然としている。

その中を颯爽と走るラトの車と、猛スピードで追いかける黒いトラック。

「よし。向こうが武器を使ったおかげで、他の車がほとんどいなくなった。これはチャンスだな」

アクセルを踏み、車のスピードがどんどん上がっていく。

「ここからは純粋なスピード勝負といこう」

「だ、大丈夫なんですか？」

実優はこわごわラトを見た。なんだかよくわからないけど、この車がものすごい速さで走っているのはわかる。

ラトは前を見ながら、不敵に微笑んだ。

「大丈夫。この車の最高速度は三百五十五キロで、相手はトラックだ。東京に着くまでには振り切れるよ」

「さ、さんびゃくごじゅうごきろ」

なにかすごい数字が出てきた。実優はもう、現実についていけない。

「さあ、舌を噛まないように気をつけて。行くよ！」

ぎゅんとスピードを上げて、ラトは前のめりで運転をし始めた。

（ああ、神様……どうかお願いします。事故にだけはなりませんように。あと、スピード違反で捕まりませんように！）

もはやうしろのトラックなんてどうでもよく、実優はひたすらにそんなことを祈った。

第八章　最初で最後の、燃えるような恋

実優の目の前には、宝石をちりばめたような東京の夜景が広がっている。

そこは、前にラトと一緒に行ったリゾートホテルだった。東京のベイエリアに建っているので、黒い絵の具で塗りつぶされたような海に、きらめく夜景のネオンが反射して映っているのが見えている。

実優は今、そのリゾートホテルのスイートルームにいた。そんな部屋に足を踏み入れるのはもちろん生まれて初めてなのだが、ラグジュアリーな世界というのはつくづく果てしないと思ってしまう。ホテルに泊まるという、それだけのことで、こんなにも贅《ぜい》は尽くされるのだから。

「夜景を見ているのか？」

うしろから声をかけられる。実優が振り向くと、ドリップコーヒーを淹《い》れたラトが、コーヒーカップをふたつ持ってやってきた。

「あ、はい。綺麗《きれい》だなって……」

天井から床までの大きな窓。そこから見える夜景は、まさしく絶景である。

それをぼんやりと見つめて、呟いた。

「最初、ラトに夜景を見せてもらった時は、自分がこんなことに巻き込まれるなんて、思いもしませんでしたね」

このホテルのスカイラウンジでディナーをしたこと、ヘリコプターでの遊覧飛行。

思えばさほど前のことではないはずなのに、ずいぶん遠い過去のように感じる。

それは、実優の心のあり方が、まったく違ってしまったからだろう。

きっと、前のように代わり映えのしない日常を黙々と繰り返す、そんな柏井実優には二度と戻れない。

「そろそろ落ち着いた？」

ラトがコーヒーカップを渡してくる。実優は礼を言いながら両手で受け取った。

「そうですね。ずいぶんと気分は落ち着きました。まだ心臓はドキドキしていますけどね。なんせ、一生分のびっくりを一度に体験させられたようなものですから」

「ふふ、最後のほうは大変なことになってしまったね。でも無事に振り切れてよかった。ここは私が出資しているホテルで、セキュリティは万全だ。一応、ホテルの裏口から入らせてもらったから、このホテルの前で待ち伏せをしていたとしてもわからないだろう」

ニコニコ微笑みながらラトが言う。あっさりと、なんでもないように言っているが、ラトはこのホテルの出資者だった。

セルデアの王子であると同時にオーナーともなれば、ホテル側の大げさな対応も頷ける。

つくづく生きる世界の違う人だと、実優は笑った。ここまで違うとなると、もう笑うしかない。これが映画の世界だったなら、きっと切ない悲劇ではなく、ドタバタのアクションコメディ。喜劇なのだろう。

「明日には、全部終わらせる」

ラトがコーヒーを飲んで、実優の隣に立った。彼もまた、夜景を眺める。

「全部綺麗《きれい》に片付けて、君は危険と無縁の生活に戻れるんだ」

実優もカップを口に傾けた。彼に淹《い》れてもらったコーヒーは、香りが豊かでコクがあり、ちょっぴり苦い。

「そして、ラトもセルデアに帰るんですね」

彼の生まれ故郷、愛すべき母国へ。当然の話だ。彼が日本に滞在できる時間はあまりにも少ない。

「そうだな」

ラトは静かに頷いた。コーヒーを飲みきって、テーブルに置く。

そのうしろ姿を見て、実優は切なくなった。

(もうここでおしまいなんだ)

ラトはセルデアの王子。ラムジが失脚したら彼が実質的に第一王位継承者となるだろう。そうなったら彼はただの人ではなくなる。今も遠いけど、もっと手の届かない存在になる。

自由に旅行することもできないし、気軽に日本に遊びに行くこともできない。

つまり……一生のお別れだ。

（それで、いいの？　私、ラトになにか言わなきゃいけないんじゃないの？）

気持ちは焦るも、言葉が出てこない。いや、なんと言えばいいかわからないのだ。

ふたりきりでいられるのは、今夜限りだというのに——

「実優」

ラトが向こうを見ながら、呼びかけた。

「今夜は、この部屋で……私と、一緒にいてくれないか」

その言葉を聞いて、実優は目を大きく見開いた。ラトがようやくこちらを向く。

その表情は真剣で、美しいエメラルドの瞳がまっすぐに実優を見つめていた。

「君が欲しい。実優の身も心も……私のものにしたい」

——それは、もしかしたら。

今の実優がもっとも欲しかった言葉なのかもしれない。

思いを確かめ合うため、気持ちを伝え合うため、愛し合う。もっとも原始的かつ本能的な、肌と肌を重ねるという行為。

「私は自《みずか》らの責務を果たすため、セルデアに帰らなければならない。寂しくなった時、君に会いたくなった時、心が死なないように……君の髪を、肌を、唇を、吐息を、自分の体に刻みつけたいんだ」

エメラルドの瞳は、実優ただひとりを映している。

（ああ――）

実優は、自分の胸に両手を置く。

（私も、同じだよ）

ラトの髪に触れたい。肌の質感を確かめたい。何度でもキスをしてほしい。吐息を交換して、ここに柏井実優という女がいたのだと、覚えていてほしい。

どうか忘れないでほしい。……だから。

「……はい。私もそうしたいです。この体に、ラトを刻みたい」

「実優」

ラトはゆっくりと近づいた。そして実優の腰を抱き、そっと引き寄せる。

ふわりと香るフレグランスの匂いを、きっと忘れない。

額《ひたい》に、鼻に、優しいキスの雨を落とす。その唇の柔《やわ》らかさを、忘れない。

「愛しているよ。これ以上ないくらいに、おかしくなってしまいそうなほど」

「ラト……」

キスの雨を受けながら、実優はラトの背中を抱きしめる。

この夜が永遠に続けばいいのにと、実優は涙を堪《こら》えて、唇を噛みしめた。

互いに身を清め、一糸まとわぬ姿になって、ベッドの上で向かい合う。

ベッドの脇にある間接照明が電球色を放って、ラトの引き締まった裸体が浮き彫りになっていた。

恥《は》ずかしくて、直視できない。

こういう時、まずはどうしたらいいんだろう……

実優は初めてだから、なにもかもがわからない。腕で胸を隠して俯《うつむ》いたまま、黙ってしまう。

「眼鏡は、外す？」

静かに問われて、実優は顔を上げた。そこには穏やかに微笑むラトが実優を見つめている。

「あ、はい。外したほうが……いい、ですよね？」

「吹っ飛ぶと大変だからね」

眼鏡が吹っ飛ぶようなことをするのか……。実優はいったいどうなるんだろうと思いつつ、眼鏡を外してベッドの横の棚に置いた。

その途端、首になにかかけられる。「えっ」と思った時、胸元でなにかが光っていた。

「やっぱり、そのネックレスは君にしか似合わない」

触れてみて、わかる。あの夢のようなデートでつけてもらった、エメラルドとダイヤモンドのネックレスだった。

「は、裸なのに。こんなの、つけてもらっても……」

「裸だからこそ、だよ。だって君自身が綺麗《きれい》なんだから、他のものはすべて余計だ」

そう言って、ラトは実優と唇を重ねた。

「ん……っ」

ぴくっと体が震える。ラトはそんな実優の肩を掴《つか》み、肌触りを楽しむように撫《な》でていく。

角度を変えて、もう一度。

次は深く、唇をぴったりと合わせて、隙間なくふさがれる。

ラトの手は背中と腰に回って、力強く抱きしめた。

ちゅ、ちゅく。

まるで食べられているみたい。ラトが大きく口を動かして、実優の唇の感触を確かめている。

ちゅっ、くちゅ。

執拗《しつよう》なキスを繰り返し、実優の体の奥に、ぽっと火が灯った気がした。だんだんと、体の中に熱を帯《お》びていく。

「は、ぁ……」

互いに吐息を分け合って、また、口づける。

ラトの唇の感触はとても気持ちがいい。うっとりして、なにも考えられなくなってしまう。

ちゃりりと、ネックレスの鎖の音がした。背中に回っていたラトの手がゆっくり動いて、実優の首を撫《な》でている。

ぞくり、とした感覚。実優の体がふるっと震える。

その手は首から脇腹までをするする撫《な》でて、唇が頬を滑り、耳朶《じだ》を食む。

「あっ……」

ラトの舌がツツ、と耳のフチをなぞって、ぞくぞくした。

ちゅく、ちゅっ。

耳朶《じだ》に吸い付いて、舌で耳の軟骨を確かめるみたいに舐《な》められる。

「や、ぁ……んっ」

実優の体はびくびく震えた。なんだか不思議な気持ちになる。ぞくぞくして鳥肌が立ちそうなのに、なぜか気持ちがよくて、やめてほしいような、そうでもないような。

クス、とラトが小さく笑い、内緒話をするように囁《ささや》いた。

「耳が弱いんだな」

「あ……っ、知らな……」

自分のどこが弱いかなんて、わからない。実優がふるふると首を横に振ると、脇腹を撫《な》でていたラトが人差し指でツツ、と肌を辿《たど》った。

指は胸にまで来て、その丸みをくるりと回る。そして両手でふわりと乳房を掴《つか》んだ。

舌はいまだ耳を撫《な》でながら、やわやわと胸を揉《も》みしだく。

「ふ、……っ、ん!」

耳の愛撫にぞくぞくしながら、胸を揉《も》まれ、恥《は》ずかしくなる。ラトの手が自分の胸に触れていると思うだけで、体の火照《ほて》りがいっそう高まった。

「可愛いな……」

ラトがしみじみ言いながら、胸の柔《やわ》らかさを確かめるように押したり、掴《つか》んだり。

そして彼の親指が、実優の柔《やわ》らかい乳首に触れた。かすめるようだったのに、敏感に感じ取った実優はビクビクと体を震わせる。

「あ、あっ」

ラトの笑みが深くなる。

「ここ、好き?」

きゅ、と乳首を摘まむ。実優ははっと息を呑み込み、ラトの肩を掴《つか》んだ。

「や、っ、体が、痺《しび》れるの」

「それは感じているってことだよ。もっと気持ち良くしてあげよう」

親指で何度も乳首を撫《な》でて揺らす。ボタンみたいに押されたり、人差し指ですくい上げられたり。

ぞくぞくした感覚はどんどん強まって、体中が痺《しび》れて、実優は震えるばかり。

「硬くなってきた。ほら、わかる?」

きゅっと乳首を摘ままれた。

「ああっ」

体が戦慄《わなな》く。痺《しび》れるどころではない、それは衝撃だった。

ラトは、性感を覚えてツンと尖《とが》った乳首を人差し指と親指で摘まんだまま、その硬さを確認するようにコリコリと擦る。

彼が乳首をいじるたび、実優の体は自分の意思に反してくなくな動く。

「やっ、あ、そこ……やあっ」

「ああ、君が感じている反応がたまらない。もっといじめたくなってしまう。好きなのにいじめたいなんて、おかしな話だ」

ラトは静かに笑って、実優の体を押し倒した。ばふっと柔《やわ》らかなベッドに寝かされた実優の上に覆《おお》い被さるラトは、なおも乳首を擦り、きゅっと甘く引っ張る。

「ひ、や……っあぁっ！」

実優はしがみつくものが欲しくて、ラトの肩を強く掴《つか》み続ける。

どうしたらいいの、どうしたら。だって気持ちがいい。他にはなにもない。

なにか、なにか自分も、しなければならないと思うのに——

「や、ンッ、ラトぉ……っ」

「フフ、舌っ足らずに私の名を呼ぶ実優がとんでもなく可愛いね」

ラトも段々と興奮してきたようだ。はあ、と熱い吐息を吐いて、エメラルドの瞳で実優を見つめる。

「もっと呼んで、私の名を。私以外の名前をすべて忘れ去って、君の頭の中を、私だけで染め上げたい」

ちゅく、と唇を重ねた。深い口づけの中、彼の舌が実優の口腔《こうこう》に侵入する。

「ン——ッ！」

びくびくと体が震える。彼の両手はいまだ乳首を弄《いじ》っている。

こよりを作るようにクリクリと扱《しご》きながら、舌同士が交わる。実優の怖がる舌を大胆に絡め取って、その舌を吸い、舌先同士をちろちろと舐《な》め合って、歯列も、頬の裏も、舌の裏も、すべてをラトの舌が蹂躙《じゅうりん》する。

「んっ、ふ、ンンッ」

声が、出せない。

ラトの舌が気持ちいい。乳首を弄《いじ》る指使いは優しくて、容赦《ようしゃ》がなくて、甘く——蕩《とろ》けるようにいじめられて。

「あ、やぁ、きもち、い……っから……っ」

ラトの舌に翻弄《ほんろう》されて、うまく動かせない口でなんとか言葉を出す。

きゅうっと乳首を抓《つね》られて、実優の体はびくびくと震えた。

「だめ、なの……っ！　だって、ぁ、……っ、わたし、も」

ぎゅっとラトの肩を握って、実優は懸命に話し続けた。

「ラトを……きもちよく、……したい……っ」

は、は、と、酸欠みたいになって、喘《あえ》ぐ。

ラトは熱く吐息を吐いたあと、ゆっくりと唇を離す。

唾液《だえき》だらけになった唇を舐《な》める仕草は、まるで獲物を前にした肉食獣の舌なめずり。

「君は私を狂わせる天才だな」

に、と笑う。それは今までに見てきたラトのどの表情とも違っていて、妖艶《ようえん》かつ悪人のようだった。

「そんな可愛い言葉を言われたら、もっと乱れさせたくなるじゃないか」

ちゅ、とリップ音を鳴らして唇を重ねる。彼の唇はそれだけに留まらず、首筋にキスをして、舌でツツと辿《たど》る。

「は、ぁ……っんんっ！」

首筋を伝う舌の感触は甘美で、実優がうっとりした瞬間、乳首がぎゅっと抓《つね》られた。

彼の舌は実優のデコルテを通り、胸まで降りていく。

「実優、私を見て」

そう乞われて、実優は震えながらおそるおそるラトを見た。

「私が君の体を悦ばせるところを、ちゃんと見ていてほしい」

ラトがはしたなく舌を出している。そのすぐ下にあるのは、ぷっくりと硬く膨れて、赤く尖《とが》る乳首。

「あ、ぁ……」

来る、と思った瞬間、ラトの舌先から唾液《だえき》がぽとりと乳首に落ちる。

「んんっ！」

それだけでびくんと震える体。ラトが実優の両手を掴《つか》み、ベッドに縫い付ける。

そして彼は実優の震える乳首を優しく舐《な》めた。

「あぁああ！」

高い嬌声《きょうせい》が上がる。くっと顎《あご》が上がって、思わず体が暴れそうになる。しかし、ラトが実優の手首をしっかり掴《つか》んでいるから抵抗ができない。

「ほら、見て？　見てほしい。私の可愛い実優」

甘い懇願《こんがん》。実優は泣きそうになりながら、ラトの痴態を見る。

素敵で綺麗《きれい》で正真正銘本物の王子様。まるで女の子の夢をぎゅっと集めたような彼が、だらしなく舌を出し、唾液《だえき》をたらして、実優の乳首を舌先で弄《いじ》っている。

なんて生々しい愛撫。

ラトは王子様だけど、今のラトは、全力で実優を愛するただの男なのだ。

体裁とか優雅さとか、そういったものをすべてかなぐり捨てて、みだらに乳首にしゃぶりつくラトは、実優の日常の中にいる普通の男性となにも変わらない。

ちゅ、ちゅくっ、ちゅっ。

ラトが乳首に吸い付いた。

「ん、ぁああっ！」

甘い痺《しび》れを感じて、実優の体がびくびく震える。

気持ち良くて、たまらなくて、でも、もっと……

実優はがむしゃらにラトの頭を抱きしめて、叫んだ。

「やぁあ！　ぁ、きもちい……の！　ラト、もっと……」

自分でもなにを言っているかわからない。ただ、ラトに嘘はつきたくなかった。黙っていたくはなかった。実優の思うすべての気持ちを、余すことなくラトに伝えたかった。

「もっと、欲し……ぃ」

口に出してから、自分がとんでもなく恥《は》ずかしいことを言っていることに気がついた。

目を見開かせてから、かあっと顔が熱くなる。

「ご、ごめんなさい。私……今のは、忘れて……っ」

羞恥《しゅうち》のあまり、彼から目をそらしてしまう。淫靡《いんび》な女だと思われたらどうしよう――実優がそんな心配をした時、乳首に甘い痛みを感じた。

「ふぁあっ！」

「は、まったく君は……可愛すぎる」

くっくっとラトは嬉しそうに笑っていた。乳首を食み、ぢゅるっと吸い付き、口腔《こうこう》に入れて、舌でじゅくじゅく舐《な》める。

「めちゃくちゃにしたくなるじゃないか。お望み通り、たくさんあげるよ」

小さな乳首を余すことなく舐《な》め、強く吸い取って、ちゅっと音が鳴る。

「あ、ん、ぁああっ」

胸が、こんなに気持ちいいなんて、知らない。知らなかった。知ってしまった。

ベッドに実優の手首を縛り付けていたラトの手が外れ、脇腹から太ももにかけてを撫《な》で上げる。

そして——

「ラ、ラト……」

実優が喘《あえ》ぎながら彼の名を呼ぶ。

「ここも、いっぱい……可愛がってあげないとね」

ふ、とラトが瞳を妖艶《ようえん》に細める。そして彼の頭が下りていく。

「あ……」

ドキドキが最高潮に達している。あまりの羞恥《しゅうち》に倒れてしまいそう。

ラトは実優の柔《やわ》らかな内ももに頬ずりする。そのままキスをして、舌で内ももを舐《な》め上げる。

「んんっ……」

優しい愛撫に、緊張していた実優の体が少しだけ弛緩《しかん》する。その隙を狙ったように、ラトは実優の膝を立てて大きく開いた。

「あっ！」

あられもない姿になって実優が驚愕の声を上げるも、ラトは止まらない。

両手で実優の秘裂を割り、その形を露《あら》わにさせる。

ずっと閉じていたところが開いたから、空気が当たるだけでも実優の体はびくびく震えた。

「綺麗《きれい》だよ」

「やっ、うそ……汚い、です」

実優にとっては不浄の場所でしかないのだ。恥《は》ずかしさに目を瞑ってしまう。

「本当だよ。こんなにも濡らして……愛撫が気持ち良かったのだと私にしっかり教えてくれる姿が、素直で可愛い」

そう言いながら、ラトはいっそう両手に力を込めて秘裂を開かせた。ぱっくりと割れた秘所。自分でもそう見ないような場所をまじまじと観察されて、恥《は》ずかしさに頭がくらくらする。

「だが、君がここを汚いというのなら、私が綺麗《きれい》にしてあげよう」

「え？　……きゃ、ぁあああっ！」

なにが起きたかわからず、首を傾げた途端、実優は悲鳴にも似た嬌声《きょうせい》を上げる。

ラトが熱い舌を這《は》わせた。両手で秘裂を開いたまま、その中心を大きく舐《な》める。

ぞくぞくした快感。総毛立つような震え。体は勝手にびくびくとけいれんする。

くすぐったくて、ハチミツを煮詰めたみたいに甘い官能。たまらない——気持ちよさ。

「あぁっ、や、ああっ！　だめ、そこは……っ、だめ、なのに！」

思わずぎゅっとラトの髪を掴《つか》んでしまう。けれども、彼の舌の愛撫は止まらない。

襞《ひだ》を舌でめくって、ちろちろと舌先で辿《たど》る。実優の体が全身で官能の責め苦に喘《あえ》ぐ。

はあ、とラトが熱い息を吐いた。その吐息すら今の実優にはさらなる性感を運ぶものでしかなく、実優は発情した猫のような声を上げた。

「やぁぁああ……っ」

あまりの快感に腰が抜けていく。けれども、ちゅっと音を立ててラトが秘芽に吸い付き、実優の体はびりっと強張《こわば》る。

「は、は、ア、ぁ！」

今までに出したこともないほどの高い声は、官能にまみれて甘い。

「ら、と……っ、ふ、ャ……っ」

実優は眉尻を下げて泣き顔を浮かべた。泣きたいのではない。でも、泣きそうなくらい、気持ちがいい。

じゅくっ、じゅる。じゅく。

蜜口からあふれ出る実優の愛液。一滴も零さず、ラトが舐《な》め取る。

舌先を蜜口にねじ込み、ぐちゃぐちゃとはしたない音を鳴らして、まるで食べるように舐《な》め続ける。

「だめ……汚いよぉ……っ！」

綺麗《きれい》なラトの顔が汚れる。そんなの嫌だ。ああ、なのにとんでもなく気持ちいいから抵抗ひとつできない。

くす、とラトが笑う。

「この期《ご》に及んで私を気遣うとは、ずいぶんと余裕があるな」

は、ぁ。

ラトの熱い息が、秘裂にかかる。彼の唾液《だえき》と自《みずか》らの愛液でとろとろに蕩《とろ》かされた秘所。その蜜口に、ラトはゆっくりと人差し指を挿し込んだ。

「ふっ、う、んンっ！」

初めて、胎内に挿れられた異物。否応なく意識して、下腹に力を入れてしまう。

「可愛い。ものすごく欲しがっているね。私の指を懸命に締め付けて……ふふ」

ラトの指が実優の膣内を抽挿《ちゅうそう》する。

くちゅっ、ちゅくっ、くちゅ。

恥《は》ずかしい水音がはしたなく響く中、実優はぎゅっとシーツを掴《つか》んで喘《あえ》いだ。

「あっ、あっ、あ、ああ！」

同時にラトは秘芽を舐《な》める。度重なる舌の愛撫ですっかりそこは赤く充血し、まるで乳首のようにぷっくりと膨らんで、硬くなっていた。

舌先でコリコリと転がして、じゅぷじゅぷと指で抜き差しする。

そんなの、耐えられない。

実優は強すぎる快感のあまり、首を横に振る。すべての思考が飛んでいく。

「あ、だめ、だめえ、なにか、きちゃう……！」

快感の高波が襲ってくる。何も考えられなくなる。

とどめと言わんばかりに、ラトは秘芽を吸った。そしてぐじゅぐじゅと舐《な》めて、膣内に埋めた指の関節を曲げ、ぐりぐりと擦る。

「イヤ、ぁ、あぁぁあああっ!!」

ビクビクッと体が大きく震えた。背中が反って、痛いほどにシーツを握りしめる。

快感の高波はざぶんと実優を覆《おお》い尽くして、その波に浚《さら》われる。

なにもなくなる。ただ、体の中で昇りつめた快感が逃げ場をなくして、頭の中で白くはじけた。

「は、ぁ、ああ……は」

あとに残ったのは、強すぎる快感の余韻だけ。

腰ががくがくと震えている。すっかり脱力して、強く掴《つか》んでいたシーツがするりとほどけた。

「ふやけた実優の顔、とても可愛い。私だけに見せていい実優だ」

ちゅくっと指を抜いて、ラトが優しく実優の頬を撫《な》で、首筋に口づける。

「あ……う、ン……」

そのわずかな接触すら、気持ちがいい。ピクンと実優の体が反応すると、ラトは気をよくしたように笑った。

そして体を起こし、実優の膝をいっそう広げた。

「さあ、愛し合おう」

うっとりと呟くラトの表情は歓喜に満ちている。

実優は力をなくしたまま、ぼんやりとラトを見つめるのみだ。

「君と出会えたのは、きっと私の一生分の奇跡だよ」

まるで慈《いつく》しむように、そのエメラルドの瞳を穏やかに細めた。

硬くいきり立つラトの肉杭は思わず実優が怖じ気づいてしまうほど大きい。

(私の手首くらい太いけど……大丈夫、なのかな)

彼のものは今か今かと出番を待っているかのように血管を浮き上がらせ、いっそ醜悪《しゅうあく》に脈打っていた。

先端からとろりと零れる先走り。ぽたりと落ちて、実優の愛液と交わる。

「これで君は、私のものだ――。誰にも、渡さない」

はあ、とラトが感慨深く呟き、杭の先端が秘裂を割った。蕩《とろ》けてぬらぬらと濡れる蜜口にぐじゅりとねじ込んでいく。

「ア――ぁ、あぁぁ、ん！」

弛緩《しかん》していた体が一気に硬くなる。やっぱり、想像以上に太くて大きい。息がつまった実優がふたたびシーツを掻くように握ると、その手をラトが握った。

「どうせ握りしめるのなら、私を抱きしめて」

彼の首のうしろに実優の手を持っていき、実優は言われるがまま、ラトの首にしがみつく。

ず、ず、ずず。

ゆっくりと、しかし確実に、肉杭の侵入が進む。

異性を知らない無垢な隘路《あいろ》が、彼の力強い杭によって蹂躙《じゅうりん》されていく。

「はっ、あ、ん、はっ」

その杭はあまりに存在感があって、生々しい硬さがあった。圧倒的な異物感に実優の体が、かたかた震える。

ラトはそんな実優を優しく抱きしめて、気遣うように挿れていく。

「大丈夫。ゆっくり、息をして」

「ラト……、うん」

きゅっと唇を引き締めて、こくんと頷く。一生懸命な実優にラトは口の端を上げて微笑み、目を瞑って肉杭を進ませた。

やがて実優の秘所とラトの杭の付け根がぴたりと合わさり、彼は「はあっ」と荒く息を吐くと、ぐりっと擦り上げた。

「あぁああっ！」

「は、あ……っ、実優……全部、挿入《はい》ったよ」

ラトは実優の背中を抱きしめる。強く、この絆が確かなものだと証明するように。

「あ……ああ……ラト……」

実優も彼の背中に腕を回して抱きしめた。

とくとくと、早鐘を打つラトの心音が聞こえる。温かくて優しい。離れ難い。こんなにも――ひとつになれたのが、嬉しい。

「ラト、ラト、愛してる。大好きなの。好きになったの。私もあなたしかいらない。あなたが欲しい。欲しくて欲しくて、こんなになにかを欲しがったのは、初めてなの」

思えばずっと、実優は『欲しがらない』人だった。子供の頃からそうだった。

真面目だ、面白みがない、つまらない。そう言われても『いい子』であり続けることができたのは、おそらく人よりも欲望がなかったからなのだろう。

可愛いお人形も、素敵な洋服も。

欲しくないと言えば嘘だった。けれども、我慢できる。

わめいて癇癪《かんしゃく》を起こして、欲しいと叫ぶほどではなかった。実優はずっとそうやって、なにかを強く求める気持ちがないまま、大人になった。

でも、今になってようやく気づく。

から。

『欲しい』とは、こういう気持ちなのだ。

泣きたいほど、叫びたいほど、暴れたいほど、欲しい。

ラトがもらえるなら、他にはなにもいらない。自分の手になにもなくていいのだ。ただラトが傍にいてくれたら、それだけでいい。

けれども、それだけは叶わない。ラトは異国の王子様だから。自分には手が届くはずもない人だから。

悲しくてたまらない。でも、だからこそ――

「私、あなたが好き。この気持ちを、いっぱい……伝えたい。この夜をかけて、ずっとずっと、愛してるって言い続けたい！」

今夜限りの恋ならば、精一杯言おう。

何度でも愛してると言って、彼に教えよう。

出会って一ヶ月にも満たない、まるで刹那《せつな》のような恋だった。

それでもこれは恋だったと、自分が愛したのはラトただひとりなのだと。

――彼に、大好きな彼に、覚えていてもらいたい。

「実優……」

ラトは痛いほどに実優を強く抱きしめる。

「私もこの夜をかけて、君を愛していると伝えたい。実優、……ああ、もう、自分を止められそうにない！」

じゅくっと音を立てて、ラトが腰を大きく引き、杭を抜き放つ。

途端に実優の下肢は切なさにとらわれ、きゅんと痛んだ。その蜜口に先端をあてがい、いっそ乱暴に、力強く挿し入れる。

それはまるで体中を貫かれるようで。

実優はラトを抱きしめたまま嬌声《きょうせい》を上げた。

「あぁあっ！」

ずるっ、ぐちゅ。

みだらな音、男と女の荒い吐息が寝室を覆《おお》い尽くす。

「実優……愛している」

「ラト、私も……んっ」

くちゅりと音を立てて、ラトが唇を重ねた。舌で口腔《こうこう》を犯し、実優も懸命に応《こた》える。

「ん、ンンっ」

深く口づけながら、舌を交わらせながら、絶え間なく続く抽挿《ちゅうそう》。

隘路《あいろ》をズルズルと削り、引いては貫く。

膣奥まで押し込み、さらに奥まで届かせようと、ラトは付け根を擦り上げた。

「んぁ、ああっ、あ、ラト！」

キスの合間に実優は叫ぶ。ラトは実優の乳房を掴《つか》み、乳首を摘まみながら唇を重ね、実優の舌を吸った。

ちゅっ、じゅく、ぐちゅ。

口から、秘所から、性交の音が鳴る。

ラトは熱い息を吐き、体を少し離した。そしてはくはくと息を吸い込む実優の体をくるんと回して、うつ伏せの体勢にしてしまう。

膣内に嵌《は》まった彼の杭がねじれて、実優は驚きと新たな快感に「ひやぁあっ！」と悲鳴を上げてしまった。

「腰を、上げて、実優」

うしろの首筋にラトの息がかかる。実優はドキドキしながらゆっくりと腰を上げて、臀部《でんぶ》を突き上げるような体勢になった。

ラトは腰から首にかけて、舌で背骨を辿《たど》る。

「ひゃ、あ、あああっ」

ゾクゾクした快感に実優の体が震え上がる。ラトは膝立ちになって実優の腰を両手で掴《つか》み、思い切り腰を引いた。そして勢いよく肉杭を突き上げる。

パン、と肌のぶつかる音がした。

「ああっ！」

その振動に、実優の首にかかっていたネックレスが、ちゃりんと跳ねた。

間接照明に反射して光る汗の玉粒と、きらめく宝石の輝き。

バックの体勢になって、より腰を動かしやすくなったのか、ラトの動きはどんどん激しさを増していく。

パン、パン、ぐちゅっ。

「あン！　あっ、ラト、だめ、これ……っ！　すごく……っ」

さっきよりもずっと衝撃が強い。ラトが肉杭を穿《うが》つたび、痺《しび》れるような快感に襲われる。ふたたび官能の波が激しくうねり、高波へと変わって実優を覆《おお》い尽くそうとする。

「いやぁっ！　あっ、ラト、ラト……っ！」

あまりの気持ちよさに理性が剥《は》がれ落ちそうになって、実優はすがるようにラトの名を呼んだ。

彼はそんな実優の背中に覆《おお》い被さり、シーツを引っ掻く実優の左手をぎゅっと握りしめる。

そして、薬指に、なにかをスルッと嵌《は》めた。

（え……!?）

眼鏡がなくて、視界がぼやけている。

けれども、それは視力が悪くてもわかるほど美しく輝いていた。

間接照明に反射してきらめく、薔薇《ばら》の台座に嵌《は》められたダイヤモンドのリング。

思わず——驚きのあまり、息が止まった。

「実優、約束しよう」

ラトは実優の左手に自分の手を交差して、強く握った。

「永遠に共にいると。私の心は、常に君の傍にある」

固い決意を感じさせる言葉に、実優は心の底からじわじわと幸せが満ちていった。

間違いない。自分は今、世界で一番幸せだ。

涙が出そうなくらいに嬉しい。でも、涙は零さないよう唇を噛みしめた。

（だめ。泣いたらだめ。そうしたらきっと、悲しくなるから）

わかっているのだ。現実は、共にいることは無理なのだと。

実優はラトに出会って初めて恋をしたけれど、だからといって頭がお花畑になったわけではない。

この現実に、素敵なシンデレラストーリーなんてない。

それでも実優は幸せを感じた。今この瞬間は嬉しかった。

（永遠に共にいられたら、どれだけいいだろう）

刹那《せつな》的に、夢を見る。ラトと一緒に、幸せになる夢。

「……はい。私の心も、ラトと一緒に……ずっといます」

実優は心から思った言葉を伝えた。そう、たとえ一緒になることができなくても、心だけなら寄り添える。自分は絶対にラトを忘れないと確信しているから。

これは、最初で最後の恋なのだ。

だから精一杯、彼を愛そう。離ればなれになるその時まで、力の限り――

「愛してます、ラト」

体をひねって唇を重ねた。

（これで充分だ。私はこれだけで一生分の幸せをもらったから）

優しいラトの唇の感触を味わって、目を瞑る。堪《こら》えきれなくなった涙が、ぽろりと一筋だけ流れた。

「私も愛している。真面目で毅然《きぜん》とした姿が凜々しくて、私だけに可愛い顔を見せてくれる実優を」

そう言って、ラトは大きく腰を引き、最奥を貫かんと肉杭をねじり込ませた。

「あぁぁっ！」

ぱん、ぱん。ぐちゅっ、ぬちゅ。

語り合いは終わりとばかりに、ラトの腰の動きが速まった。

ぶつかる肌の音。みだらな水音。そして絡み合う男女の吐息。

うしろから突かれてるからだろうか。なんだか自分が、人ではなくケモノになったような気分になる。

抽挿《ちゅうそう》され、腰が動くたび、美しいネックレスが宙を舞った。

ちゃりちゃりと音が鳴って、乳房が揺れて、ラトの片手がそんな実優の乳房を握って――

きゅっと乳首を摘まんでひっぱり、実優は高い嬌声《きょうせい》を上げる。

「あっ、あぁ、そんな……っ」

ラトが触れるところ、すべてを敏感に感じ取って、快感がさらなる快感を呼ぶ。

実優は無意識に腰を振っていた。はしたなく、みだらな姿だった。けれども、自分を止めることはできない。

気持ち良くて、もっとラトが欲しくて、自分の体にもっともっとラトを刻みたくてたまらない。

「は、はぁ、はっ、ラト！」

「実優……っ！」

ぎゅうっとラトが実優を抱きしめた。うしろから突き上げる彼の肉杭が、実優の最奥で絶頂を迎える。

迸《ほとばし》る白い欲望。無垢でまっさらな実優の子宮めがけて、数億の胤《たね》が走り出す。

とろとろと注がれていく彼の愛を感じながら、実優はぼうっと考えた。

（ああ――それも、いいかもしれない）

閃光のような果てを感じながら、静かに目を閉じる。

胎に命は宿るだろうか。その采配は神のみぞ知る。けれども。

（そういう未来も、いいな）

ラトがゆっくりと実優の下腹に触れた。

温かく、力強い彼の手。実優は美しいダイヤモンドが光る左手で、柔《やわ》らかく彼の手に添う。

この幸せが永遠に続けばいいなと、儚《はかな》く微笑んだ。

エピローグ　翠玉色《すいぎょく》の瞳を持つ王子様は、平凡なＯＬを捉《とら》えて離さない

すべてに決着がつく日がやってきた。

実優がラトと愛を確かめ合った翌日、事態は大きく進展した。

ラムジが所有していた客船を徹底的に洗ったことで、ハシムは女性たちを保護し、レアメタル成分を含む廃石サンプルや、各国の企業との裏取り引きの証拠などを押収した。

本来なら、重大な国際問題になりかねない事件なのだが、女性たちはいずれも『会社のため』『家族のため』という、やむにやまれぬ理由のもと、それなりに納得した形で自主的に『拉致』されていた事情もあり、裏取り引きに関与した企業が彼女たちの援助と心のケアをやり遂げるという確約のもと、極秘裏に解放されることになった。

密輸取り引きをしたという事実が明るみになれば、各国の企業はラムジと共倒れである。自社を守るためにも、ラトとの確約は必ず守るだろう。

だが、ラムジだけは言い逃れができない。

未遂で終わったとはいえ、セルデアから産出された廃石の密輸取り引き。倫理に反した『妾計《めかけ》画』の全容。セルデア国庫から金を横領し、さらにその用途が妾《めかけ》の頭にＩＣチップを埋め込み、家

畜のように管理するという非人道的なものであったこと。

国庫を私物化し、贅沢《ぜいたく》をしているという疑惑が可愛く見えてしまうほどの悪辣《あくらつ》非道さに、彼の緊急逮捕が決まった。

そのラムジはといえば、現在は海の上らしい。あの客船を侍従たちに操作させ、セルデア警察から逃走中なのである。

「とはいえ、ラムジの銀行預金はすべて凍結している。世界中の銀行を回ったところで無駄だ。それでなくとも今は海の上だし、陸にたどり着いた瞬間逮捕されるか、船の上で日干しになるか、どちらにしても彼の終わりは時間の問題だね」

成田《なりた》空港のロビーで話すラトは、ほんのり酷薄《こくはく》な笑みを浮かべていた。

いつもニコニコして紳士的なラトだけど、時々冷徹さを垣間見る。

きっと優しいだけではやっていけない世界で生きているのだろう。

「実優は今の会社を辞めると決めたんだね」

ラトに言われて、実優は頷いた。

辞表はもう用意してあるし、人事部には先に電話で伝えた。

ちなみに支社の営業部長と支社長は、朝から誰も姿を見ていないという。人事部から聞いた話によると、本社からの命令で謹慎を言い渡されたのだとか。

まあ、支社の営業フロアでたくさんの社員を前に、ラムジの妾《めかけ》になれなどと実優に言い放ったのだ。彼らへの心証は最悪レベルに落ち込んでいるし、今さら合わせる顔などないだろう。

だが、それよりも、実優はひとつの仮説を立てていた。

もしかしたら、本社は最初からこの事態を想定して、ラムジの接待を東京支社に任せたのではないかということだ。

最初から不思議に思っていた。ラムジ王子というＶＩＰが来日し、松喜エンジニアを視察するというのに、どうして接待役を本社がやらなかったのか。

ラムジのお眼鏡に適う『日本人のイメージに沿う女』は、本社にも必ずいたはず。

だが、事実接待役は支社に回った。そして部長と支社長は必死になって取り引きを成功させて、結果身を滅ぼすことになったのだ。

本社は、東京支社に責任を丸投げした。実際に、本社には大きなダメージはない。

裏取り引きが成功したら会社自体に利益が見込めるが、失敗すれば支社だけ切り捨てればいい。

そう考えたら、押し寄せる嫌悪感を止めることができなかった。実優はこの会社を辞めることを決めた。

「まあ、仕事はすぐに見つかりますよ。どうせなら、次はまったく違う業種にチャレンジしてみたいです」

実優が前向きなことを言うと、ラトがにっこり微笑む。

以前なら、もっとネガティブなことを考えたかもしれない。自分の境遇を悲観して、鬱々と腐っていたかもしれない。

でも、今の実優は晴れやかな気持ちでいた。まるで新しい門出を祝うような爽快感がある。

「私が担当している取り引き先との引き継ぎ作業とか、後輩の指導とか、実はいろいろと雑務が残っているので、本当に辞めるのは一ヶ月後くらいになりますけどね」

「そうか。後処理をしっかりやるところが、なんとも実優らしいね」

ラトがそっと首筋に触れた。そして、次はやや不満そうに唇を尖《とが》らせる。

「しかし――あんなにも私が『あげる』と言ったのに、やっぱり君は頑《かたく》なに断るんだな」

「当たり前ですよ……」

ガクッと実優は肩を落とした。彼が『あげる』と言ったのは、もちろんエメラルドとダイヤモンドのネックレスだ。

「もし頂いたとしても、価値が高すぎるから、即貸金庫行きですよ」

「むむ、そんなところに預けられたら、君にあげた意味がなくなる。あのネックレスは、実優が首に飾るためにあるんだから」

「それは嬉しいですけど、あんな貴重品を家に置いていたら、怖くて家を留守にできないです」

実優が負けじと反論したら、ラトは困ったようにため息をついた。

「日本は安全だと思ったんだけどなあ」

「他の国に比べたら安全なほうかもしれませんが、それでも犯罪がない国じゃないんですよ」

呆《あき》れたように言って、実優は自分の左手を見せた。

「それに私には、これがありますから。……私は、こっちのほうが嬉しいです」

実優の左手の薬指には、美しく彫刻された薔薇《ばら》の台座に、一粒のダイヤモンドが嵌《は》まったリングが輝いている。

これも最初は返そうとしたのだが、ラトが珍しく怒った顔をして『ネックレスか指輪か、どっちか選ばないとどっちも海に投げ捨てる！』と言い出したので、実優は指輪を頂くことにしたのだ。

普段は飄々として余裕めいた振る舞いを見せているのに、怒るとワガママで駄々っ子なところがある。

こういうところで、ラトは王子様だなあと実優は思うのだ。

——ポーン。

空港のロビーに、チャイムと共にラトが搭乗する飛行機に乗る者に準備を促《うなが》すアナウンスが鳴り響く。

『ラト、そろそろ時間だ』

ハシムがフロントから走ってきた。ラトは彼に頷き、実優に顔を向ける。

——お別れの時間だ。

人生の長さと比べたら、ほんの一瞬のような時間だった。

その一瞬の中で、実優はたくさんの驚きと、たくさんの喜びを得た。

おそらく、これほどの濃い時間は、もう一生……体験できないだろう。

恋をした。精一杯、その恋を味わった。もう恋をすることはなくても、ラトとの思い出があれば自分は幸せでいられる。

「元気でいてくださいね、ラト」

「君も、どうか健やかでいるように」

実優が別れの握手をしようと手を差し出した。すると、その手はあっという間に引っ張られて、強く抱きしめられる。

「ラト……」

「本当は片時も離したくないんだ。それなのに……すまない」

うっとりするような甘いフレグランスの匂い。実優はいっぱいに吸い込んで、ラトの背中をぎゅっと抱きしめる。

そして、首を横に振った。

「いいんです。あなたはちゃんと、王子様の責務を果たしてください」

実優は深呼吸をして、勇気を奮い立たせた。

――そう、これが最後なんだ。これっきり、もう会えないんだから。

意を決した。実優はラトの頬に触れて、自分から唇を重ねる。

いつになく積極的な実優に、ラトのエメラルドの瞳が大きく見開いた。

「私、ラトを愛してます。ずっと共にいようって言ってくれた言葉、忘れません」

その言葉と共に、実優は小さな小包と彼のスカーフを渡した。

いつかお礼をしようと、前から用意していたものだ。まさか餞別《せんべつ》になるとは思っていなかったが、
小包の中身はネクタイピンである。彼にしてみれば安物だが、実優が一生懸命選んだ一品だ。

この先、なにがあっても、指輪がすべてを思い出させてくれる。

愛しい人の温もりを、匂いを、力強く抱きしめ、肌を重ねた幸せを。

ラトは幸せそうに目を細めて、小包とスカーフを受け取った。そして実優の唇に口づける。

「君に愛していると言われるのが、この上なく嬉しい。私も愛しているよ。――絶対に、必ず迎えに行くからね」

「……はい」

実優は目を伏せて頷いた。

嘘でも嬉しかった。たとえ不可能とわかっていても、彼が本気で言っているのがわかったから。

――それでいい。自分には充分すぎる言葉だ。

実優とラトはしばらく互いにキスを交わして、やがてハシムの『急げ！』という怒声がすると、ラトは惜しむように離れる。

「実優、本当に元気で！　絶対に浮気したらだめだぞ！　君はもう私のものなのだからね！」

『ラト～！　お前はいい加減にしろ‼』

『わかっている、うるさい先に行け！　実優……愛しているよ。に、日本人の男のほうがいいとか絶対に思わないでくれ。今の君は正直とても綺麗《きれい》だから、すごく心配で』

焦っているのか英語のまま話し続けて、何度も何度も実優に振り向きながら、搭乗口に向かうラト。そんな彼にくすくす笑って、実優は元気に手を振る。

「なにが心配かわかりませんけど、ラト以外の男の人には興味もありませんよ」

ラトは実優の言葉を聞いて、ぱあっと顔を明るくする。

「よかった！　もちろん私も、君だけだよ。毎日毎日、実優を思い浮かべて、セルデアから君を想っているから！」

最後には、怒りをみなぎらせたハシムに腕を掴《つか》まれ、引きずられるように搭乗口へ消えていくラト。

なんだか締まらないけど、湿っぽく別れるよりはずっと良かった。

実優はラトの姿が見えなくなるまで笑顔で手を振り、ようやく切なく顔を歪める。

「さようなら、大好きだったよ、ラト」

遠い異国。会えないまま年月が経ち、やがて実優という存在がラトの中で過去のものになっても。

たとえ新しい出会いがあって誰かに恋をしたとしても。

（それでいいのよ）

実優は心の中で思った。そう、ラトはそれでいい。叶わない恋を忘れられずに悲しんでいるよりも、新しい恋を楽しんでほしい。

(それが寂しいわけじゃ、ないけれどね)

実優は空港を出た。外は初夏を思わせるような暑さで、空は遠く、澄み切った碧《あお》が広がっている。

「ラトが幸せであることが、私の一番の願いなんだから、いいの」

心の中は悲しさでいっぱいになっている。本当は泣き出したいくらいに寂しかった。

でも同時に、晴れやかな気分でもあるのだ。不思議な矛盾だと自分でも思う。

でも、それはきっと、実優にとってラトとの恋は後悔のないものだったからだろう。

「私もあなたを想っているよ、ずっと」

距離は遠くても、この空は見たことのないかの国へと繋がっている。だから、気持ちは届くと信じている。

幸せでいてほしいという、実優の願いを。

◆　◆　◆

ラトと別れて、一ヶ月が経った。

時刻は夕方頃。ようやく荷物をまとめ終えた実優は、額《ひたい》の汗をタオルでぬぐって「フゥ」と息をつく。

つい先日、実優はもろもろの後処理を終えて松喜エンジニアを辞めた。転職先も無事に決まって、その会社にアクセスしやすい街に引っ越しする予定だ。

山積みになった段ボールの上に置いていたお茶のペットボトルを手に取り、キャップを開けてコクリと飲む。

「今日は荷造りで疲れちゃったし、夕飯は外で食べようかな」

独り言を零しながらテレビをつけて、実優は座卓の前に座った。

四角い手鏡を手に取り、軽い化粧をし始める。

テレビはちょうど、夕方のニュース番組が始まるところだった。

「そういえば、ラムジ王子のことがニュースに出た時は、びっくりしたなあ」

ぽふぽふとお粉を頬に叩きながら、呟く。

ちょうど一週間前だろうか。国費の横領疑惑で国際指名手配されていたラムジがとある国で捕まり、セルデア警察に引き渡されたというニュースが流れたのだ。

日本人にとってはさほど重要視されない話題だったようで、ワイドショーのネタにもならなかった。せいぜい、新聞の国際情勢欄の一画で、ちょっと記事になったくらいだ。

ラムジの逮捕劇に、少しでも自分が関わっていたなんて、周りに言ったらどんな反応をするだろう。十中八九、信じてもらえない気がする。

だって実優はこんなにも平凡なのだ。真面目だけが取り柄の、どこにでもいるありきたりな人。

決して特別ではない、どこにでもいる人。

けれども、それをネガティブに捉《とら》えはしない。

実優は鏡を見た。つい先日、気分転換がしたくて、うしろにまとめるだけだったセミロングの髪を、思い切ってカットした。短めのボブヘアは、案外似合ってるんじゃないかと思っている。

そして実優の顔には、眼鏡がなかった。コンタクトレンズを入れているのだ。

コンタクトレンズは、想像していたよりもずっと大きな変貌に繋がった。

松喜エンジニアでも、女性社員から「雰囲気変わったね」と言われたし、実優自身、眼鏡のない自分の顔は気に入っている。

劇的に美人になったわけではもちろんなく、素材の平凡さは前と変わらないけれど、気分が違った。

不思議と前向きになれたし、最近はおしゃれが楽しい。転職前にデパートに行って、メイク用品も新調しようかなと思っている。

――君の真面目さは、とても美しい。

以前、そう言ってくれた人がいた。彼の言葉は、実優の心の中にしっかり残っている。

そう、真面目だけが取り柄なのではなく、真面目は実優の個性なのだ。

姿が変わろうとも、オシャレを目一杯楽しんでも、それは変わらない。

そのことを気づかせてくれた彼には、とても感謝している。

色つきリップを塗って、実優は満足そうに頷いてから、鏡をたたんだ。

ニュース番組では、アナウンサーが今日の出来事を順番に話している。

実優はペットボトルのお茶を飲みながら、なんとなくテレビを見た。

『次のニュースです――』

記事を読み上げるアナウンサーの横に、パッとニューステロップが映る。

――セルデア王太子、正式訪問。

実優はそれを見て「ん？」と眉根を寄せた。

『今日未明、セルデアのラティーフ王太子が来日されました。王太子は現セルデア国王の甥にあたり、現在は第二王位継承者で、今回は初めての正式訪問として日本を訪れ――』

「ぶふーっ！」

実優は口に含んでいたお茶を思い切り噴いてしまった。

間違いない。ラトだ。テレビに映るラトは、前のようなビジネススーツではなく、ラムジが着ていたようなゆったりしたセルデアの民族衣装をスマートに着こなしている。

エキゾチックでオリエンタル。美しいエメラルドの瞳を湛《たた》えたラトは、まさに『王子様』の姿をしていた。

「え、ラト、に、日本に来てるの？　え、今？」

実優はテレビを見つめたまま戸惑うばかりだ。だってつい先月、永遠の別れを惜しんだような。

もう会えないのだと、実優なりに頑張って決別を受け入れたような。

ニュースでは、ラトが大勢の報道陣に囲まれて、にっこりと綺麗《きれい》な笑みを見せて日本語でコメントしていた。

「これからも末永く、日本との友好関係を維持していきたいですね」

どこかのテレビ局か新聞社か、記者のひとりが質問した。

「今回の正式訪問は、どのようなご予定でいらっしゃるのでしょうか！」

「いろいろと、日本の興味深いところを視察させていただきます。また、個人的な用事もございまして……」

そう言って、ラトはテレビカメラに向かって満面の笑みを浮かべた。

――それは、あたりにいる報道陣がシンと静まり、思わず見蕩《みと》れてしまうような、極上の笑顔。

「私の大切な宝石を、引き取りに参りました」

（――え？）

一瞬、ラトがなにを言ってるかわからなかった。しかし。

コンコンと、窓を叩く音がした。思わず実優が振り向くと……

「ラトぉーっ⁉」

あろうことか、ベランダにラトがいるではないか。しかも先ほどテレビで見たのと同じ、豪奢な民族衣装の姿だ。ちなみに隣には、おなじみハシムがいる。

実優は慌てて窓を開けて、ラトたちを迎え入れた。

「ラ、ラト……ハシムさんも、どうして！　あと、なぜベランダにいるのですか」

「やあ久しぶりだ、実優。髪を切ったんだね、とても可愛くて似合っているよ。ああでも、ひとつだけ不満があるとするなら、どうして君が髪を切った時に私が傍にいなかったかということで、要約すると私から心代わりをしてイメージチェンジを試《こころ》みたわけではないだろうな!?」

早口で長々と話しながら、段々不機嫌になって怒り出し、ずんずん部屋の中に入って実優に壁ドンするラトの迫力に、実優はびくびくと震え上がる。

『ラト、興奮する気持ちはわかるが、落ち着け』

相変わらず、仏頂面《ぶっちょうづら》のハシムがラトにツッコミを入れる。

「目も、コンタクトにしたんだな。とても素敵だ。けれども複雑だ……！　たった一ヶ月見ない間に、君の魅力が二倍にも三倍にも増している。どういうことだ。これはいけない。どうしたらいいんだ。ああ、いますぐセルデアに連れて帰ろうか！」

『聞けよ！　ちゃんと理性的に段階を踏んで実優を迎え入れると、さっきまで言っていただろうが！』

とうとうハシムが怒りだした。なんというかこのふたりのやりとりは、前とまったく変わらない。

「え、えーっと、ラト？　私の質問に答えてくれると嬉しいのだけど……」

やけに距離を詰めてくる彼の胸を押しながら実優が尋ねると、ようやくラトはニッコリと微笑んで答えた。

「実は、日本を正式訪問したものだから、とにかく私の姿は目立つんだよ。ＳＰの人数も護衛車の台数も多くて、身動きがまったく取れない。というわけで、滞在しているホテルをコソッと抜け出して移動し、アパートの裏側から君の部屋に侵入したんだ」

その説明を聞くだけで、実優はめまいがした。

王子様なのにホテルを抜け出すとか、アパートの裏側から侵入するとか、体裁が悪すぎるからやめてほしい。

「まさかもう日本に来るなんて……知りませんでしたよ。てっきり、私……」

あの成田空港が、最後の別れだと思っていた。自分は単なる一般庶民で、ラトはセルデアの王子様だ。どう考えても身分が違いすぎて、共にいられるわけがない。

「迎えに行くなんて、共にいようなんて、無理だと思っていたのに」

「えっ、最初から無理だと決めつけた上で、君は私の言葉に了承したのか？」

ラトが剣呑《けんのん》として目を細める。わたわたと実優は慌てた。

「だ、だってっ！　ふ、普通、できないでしょう⁉　セルデアの人だって、私みたいな平凡な日本人がラトのお嫁さんになるなんて、反対すると思いますし……！」

「セルデアは多民族国家で、あらゆる人種が平等に暮らしている。人種差別なんてものはもっとも愚かしいと思うような国だぞ」

「でで、でも！　私……お姫様でもなんでもないし……立派な家柄じゃないから、じ、持参金とか用意できるわけないし……」

「持参金？　君が、この私に金を用意するのか。意味がわからないが、なぜだ？」

心底不思議そうにラトが首を傾げる。『金なんて黙ってても入ってくるのに』と言っていそうな表情に、実優は天を仰《あお》いだ。まさかこんな未来が待ち受けていたなんて、誰が想像しただろう。

どんな顔をしたらいいかわからない。喜んだらいいのか、びっくりしたらいいのか。現実に理解が追いつかない。

実優があまりに困った顔をしていたからだろう。

ラトが悲しそうな目をした。

「実優は、私に会いたくなかったのか？」

そんなこと、あるわけない。実優が黙って首を横に振った。

会いたいに決まっている。また会いたかった。ラトの声を、エメラルドのような綺麗《きれい》な目を、優しい眼差しを、見たいと思っていた。

でも彼は王子様だから、もう二度と会えない――。そう思っていたのだ。

なのに、この展開。実優はへなへなと座り込んでしまう。

無意識のうちに、ぽろりと涙が零れていた。

その一粒が、堰《せき》を壊した。ずっとずっと我慢して、泣いたらだめだと堪《こら》えていた心があふれて、実優はぼろぼろと泣き出した。

「嬉しい!!　嬉しいに決まってます……っ！」

もう会えないと思っていたのに、会えた。これほど嬉しいことはない。

子供のように泣きじゃくる実優の前に、ラトは膝をついてしゃがんだ。そして実優を優しく抱きしめて、その唇にキスをする。

（ああ……ラトの唇、だ……）

忘れないようにしようと思っていた感触がリアルに呼び起こされて、心の中が温かくなる。

「実優。私も君に会いたかった。セルデアで、私は王子としてやるべきことを、すべて片付けてきたよ」

頬を撫《な》で、優しく話す。実優はぐすぐすと鼻を鳴らして、近くにあったティッシュで目と鼻を拭く。

「そ、そんなに早く、片付くものなんですか？」

「とりあえずは、だけどね。ラムジのやったことの後処理や『後宮』の解体、ラムジに加担した保守派の一部や外科医の拘束、逮捕。やることは多かったけど、セルデアをよくしたいと思う人々が私を手伝ってくれたから、案外早く終わったよ」

そうなんだ、と実優は相づちを打つ。

王子としてやるべきこと、と言うくらいだから、もっと時間がかかるものだと思っていたし、自分の国をよくすることを優先して、日本に残してきた実優のことなど、過去の存在になるものだと思い込んでいた。

「私、てっきり、いつかラトは諦《あきら》めるだろうって、考えていました」

「言わなかったかな。私は嘘をついたことがない。それにセルデア一、諦《あきら》めが悪いんだよ」

そういえば、そんなことを言っていた。あの言葉は本当だったのだ。

「実優」

ラトがぎゅっと実優の手を握った。その指には、あれから一度として外していない、彼からもらった指輪が嵌《は》められている。

「約束通り、君を迎えにきた」

きらきらと光るエメラルドの瞳は、ただひとり、実優を映している。

君だけが欲しいと言うように。君以外はいらないと言うように。

「私の隣で……幸せになってくれるね？」

拒否の言葉は聞かないと、彼の目は言っていた。

まったく、なんてプロポーズだろう。諦《あきら》めて光を失ったキャンドルに、ふたたび温かい火が灯されるような情熱。こんなにもノーと言わせない強引さ。

すべてが出会った時のまま。ラトはひとつも変わっていない。押しが強くて我も強い。紳士的で気遣いあふれる人なのに、自分の意思は絶対に曲げないいし、諦《あきら》めない。

「あはは……」

実優は思わず笑ってしまった。涙をこぼしながらの、泣き笑いだ。

完全に、完敗だ。この人は、実優のネガティブ思考なんてあっさりと吹き飛ばしてしまう。

かなわない。逃げられる気もしない。

だから――負けなのだ。それが、おかしくてたまらない。

実優は顔を上げた。目の前には、自分と共になることが当然と思っている、天下無敵の王子様がいる。

「――はい！」

難しい言葉なんて必要ない。ポエムのような愛の言葉もいらない。

これ以上ないほどの明快な返事。これが、実優のいっぱいの気持ちを込めた答えだ。

ラトは実優を抱きしめる。そして、嬉しくてたまらなくなったようにキスをした。

「君に世界一の幸せを贈ろう。実優、愛している」

温かいラトの胸。心地良い香り、大好きな声。

それ以上の幸せなんて、ない。

実優は心の中が幸福でいっぱいになっていくのを感じながら、甘くキスを交わした。

後日談　王子様のお忍び湯けむり旅行

セルデアの王子がなかなかセルデアに帰ってくれない。

ハシムは頭痛を覚えながらも、淡々とラトのうしろに続き、彼の警護に当たっていた。

「実優、これは何だ？」

「それはおみくじですよ。運勢を占うんです」

場所はとある地方の温泉街。地元の土地神を祀《まつ》っている小さな神社だ。

ラトは実優の肩をしっかり抱きつつ、嬉しそうな声で言った。

「ああ、これが『おみくじ』か。セルデアにも簡単な占いはあるけれど、さすがにおみくじはない。

二種類あるが……こっちは恋みくじと書いてあるな」

「そうです。その名の通り、恋を占うおみくじなんですよ」

「それなら、私たちにうってつけじゃないか。是非占おう」

ふたりは小銭を入れて、恋みくじの箱をシャカシャカ振る。そして出てきたおみくじを読み上げた。

「小吉……」

「ダイキョウ？　これはどういう意味なのかな」

日本語は堪能だが、難しい言葉までマスターしてるわけではないラトが、不思議そうに首を傾げる。すると実優は「大凶っ!?」と声を出してグルッとラトに振り向いた。

「一番悪い運勢ってことですよ。ほら、解説のところにも待ち人来ず、幾重の多難に見舞われるって書いてあるでしょう？」

実優が悲愴《ひそう》な表情をして説明しているが、ラトはそんな実優をジッと見つめていた。

（ああ、あれは、まったく話を聞いていないな）

ラトとのつきあいが長いハシムは確信した。あれはあまりに実優が可愛らしくて見蕩《みと》れている。

自分のことを一生懸命心配してくれる実優が可愛くて仕方がないのだ。

（セルデアに帰りたい……）

すっかり色ボケたラトなんて放っておいて、碧《あお》き海を臨む我が国に帰り、鍛錬の日々に戻りたい。

ハシムは心からそう思った。

実優を妻として迎えるために、ラトは日本を正式訪問した。

当然のように大量の護衛を引き連れているわけだが、今現在は『お忍び』であるため、ハシムはひとりでラトを守っている。

なぜそんなことになっているかと言うと、ラトが『実優の両親にご挨拶《あいさつ》がしたい』と言い出したからだ。

実優は、いずれはセルデアに嫁ぐことになる。

単なる国際結婚とは違うのだ。実優は王太子の婚約者としてセルデアに入国し、ゆくゆくは王太子妃に、やがて王妃となる。

いつかは『公人』となる実優。彼女の両親にその旨を説明するのは道理である。

ハシムもそれは理解しているのだが……

(ラトのデートに同伴するというのが、こんなにも居心地が悪いとは思わなかった！)

がっくりとハシムは肩を落とす。

はっきり言うと、いたたまれないのだ。めろめろにデレているラトは直視できないし、実優も幸せそうで、ハシムは完全にお邪魔虫である。いや、むしろ完全にふたりの世界で、ハシムの存在が認識されていない可能性もある。

帰りたいとハシムが思ってしまうのも仕方がない。

(大体、ご両親に説明するつもりだったのなら、最初からお忍びで行けばよかったのだ。それなのにこいつは……)

実優を見つめてニコニコしているラトを、殺意すらこめて睨《にら》み付ける。

現在のセルデアにおいて、誰が次期国王に一番近いのか。

それを世界に知らしめ、主張しておく必要がある。日本への正式訪問は実優のこと以外にも、そういった思惑が混じっていた。しかし、それならそれで一度セルデアに戻ってから、改めてこっそり来日すれば良かったのではないか。

ラトが宿泊しているホテルはいまだ厳戒態勢で、大量の護衛が待機している。

それなのに、当の王子様はハシムひとりを連れて地方に遊行中だ。

好き勝手に遊び回っていたラムジとそう変わらないのではないだろうか。まあ、あの王子と比べれば、ラトは百万倍ほどマシではあるのだが。

しかし、性格の悪さはラトのほうが上のように感じる。

頭痛もして然るべしだ。護衛はハシムの同僚である。今回のことが片付いたら、事情を説明しつつ、それなりに良い酒とうまいツマミを用意して機嫌を取らねばならないだろう。

「はあ……」

ハシムがため息をつくと、実優がくるりと振り返った。

『すみません、ハシムさん。まっすぐ実家に行けばよかったのに、寄り道することになってしまって』

申し訳なさそうに謝る。ハシムは黙って首を横に振った。

『ラトの思いつきに振り回されるのは慣れている。気にするな』

ハシムがそう言った瞬間、ラトがふたりの間に割って入ってきた。

「その通りだよ実優。ハシムは私を守るのが仕事なのだからね。給料分は働いてもらわないと困る。まあ、せっかくのデートだというのに、ふたりきりになれないのは申し訳ないけれど」

「いえ、私はふたりきりじゃなくても、ぜんぜん気にしませんよ」

「本当か!? それなら、ハシムの前で熱いベーゼを交わしても気にしないんだね。ならば遠慮なくハシムの前でいちゃいちゃさせてもらおう」

ラトが笑顔で実優の腰を引き寄せる。だが、彼女はそんな彼の手の甲を、キュッと抓《つね》った。

「TPOをわきまえてくれるなら、気にしないという意味ですよ」

「いたた。実優は本当に真面目だな。そんなところがますます愛おしいけれどね」

抓《つね》られた手を振りながら、ラトが唇を尖《とが》らせる。

そう、実優は大人しそうで、人に流されがちに見えるが、実はまったくそんなことはない。むしろ頑固なくらいだ。曲がったことは絶対にしないし、許さない。はめを外そうとするラトをしっかりたしなめる姿は凛然としている。

ハシムは内心ホッとした。

これなら大丈夫だと改めて思ったのだ。実優は芯が強く、好きな男を相手にしても甘やかさない。

『賢妃を娶《めと》る王は国を豊かにする』

これはセルデアの『ことわざ』だ。王族に限った話ではなく、長続きする結婚の格言として使われている。よく褒め、時に叱《しか》ることもできる妻は夫を正しい道へと導《みちび》き、その家系は長く繁栄するだろうという意味だ。

ラトと実優は、そんな夫婦のあり方を体現しているように見えた。

ふたりがこの様子なら、セルデアの国民からも温かく受け入れてもらえるだろう。

『でも、私が傍にいるのに、実優がハシムに気を配るのは面白くないな。ハシム、もっと気配を消してくれ。むしろ透明人間を目指してくれ』

『無茶を言うな！』

思わずハシムは大声で突っ込みを入れた。

せっかく理想的な夫婦となりそうなのに、ラトの強い独占欲と嫉妬《しっと》深さが残念だ。いずれは国王になる身なのだから、もう少し心の器を広げてほしい。

『それにしても、実優の実家に向かう途中で、こんなにも素敵な温泉街があるなんて。思い切って寄り道してよかったよ』

実優の両親に挨拶《あいさつ》するため、彼女の実家に向かうはずが、なぜか温泉街で神社参拝しているのは、それが理由だった。百パーセント、ラトの思いつきである。

ハシムが車を運転して高速道路を走っている時、唐突にラトが言い出したのだ。温泉街があるのなら寄りたいと。

文句は言うが、無視はできないのが宮仕えの悲しいところである。

かくしてハシムは、しぶしぶ高速道路を降りて、温泉街に向かったのだ。

実優は「あはは」と苦笑いをして、残念な結果だったおみくじを、おみくじ掛けに結んだ。

『今日中に実家に到着する予定ですから、長居はできませんけどね。ここで昼食を挟んで高速道路に戻るのはいかがでしょう』

実優がハシムに英語で話しかけてくれる。その心遣いに感謝して、ハシムは英語で答えた。

『そうだな。昼食のおすすめはあるのか？』

『そうですね。地元の手打ち蕎麦はいかがでしょう。山の幸を使った天ぷらも美味《おい》しいですよ。そういえばハシムさん、湯葉を食べたことはありますか？』

『ユバ……。聞いたことはあるのだが、それがどんな食べ物かは知らないな』

『じゃあ、湯葉刺しも出してくれるお蕎麦屋さんを探しましょう』

ニコニコと実優が提案してくれる。ハシムは笑顔になって頷いた。

日本という国は嫌いではない。むしろ独特の風習や食文化は好きだ。先ほどまでセルデアに帰りたいと思っていたが、実優に誘ってもらえただけでこんなにも心が逸《はや》り出す。

(そうか、俺はいたたまれなかったのではなく、単に拗ねていただけなのかもしれない)

ふふ、とハシムは自分に呆《あき》れて笑ってしまった。

まるで子供みたいだ。実優にかまってもらえたら、すっかり機嫌が直ってしまった。

だが、自分をそんな気持ちにさせるのも、実優の人徳によるものなのだろう。

彼女の真面目な性格はハシムの好むところである。自分も硬派な人間だからだろう。実優と話すのは楽しいいし、わくわくする。

しかしその時、地獄の怨嗟《えんさ》かと思うほどの低い声があたりに響いた。

「私を差し置いて、何をふたりで楽しげに話しているんだ……？」

嫉妬《しっと》の権化《ごんげ》と化したラトである。

彼は不機嫌な顔を隠そうともせず、実優とハシムを交互に睨《にら》み、強引に実優の肩を引き寄せた。

「実優、君の婚約者は誰かな？」

ラトが、百万ドルの価値がありそうな笑顔で実優に質問する。だが実優はヒクッと唇の端を引きつらせて、ぶるっと震えた。目がまったく笑っていないのに気づいたのだ。

「も、もちろんラトですよ」

「そうだね。ならば自覚してほしい。私の前で――いや、私がいなくとも、他の男と仲良く話すのはいけないことだ。これからは気をつけること、いいね？」

最後の『いいね？』が、最終通告に聞こえるのはハシムの気のせいだろうか。

いや、実優も危機感を覚えたようだ。怯えたようにコクコク頷く。

もし実優が、天真爛漫な女性だったなら、ラトの意図に気づかなかっただろう。だが、彼女は聡《さと》い。それは実優にとって苦労の種かもしれないが、逆にハシムはありがたく思った。

ラトは策略家である。爽《さわ》やかな笑みを浮かべながら、平気で他人を操ってみせる。

単なる天真爛漫な女性では、ラトのいいようにされるのがオチだ。

独占欲を遺憾《いかん》なく発揮して王宮に軟禁するくらいはやる。しかも実優に悟らせないよう、そして不満を覚えないよう、巧妙に閉じ込めるくらいは容易だろう。

だが、賢《さか》しい実優なら大丈夫。むしろラトを翻弄《ほんろう》してみせるのではないか。かねてから、ラトには一度痛い目に合ってほしいと思っているハシムは、少しだけ実優に期待している。何せ幼少の頃からハシムはラトに振り回されているのだ。たまには反撃されるところを見てみたい。自分の立場では、ラトに反旗を翻すことができないから、代わりに実優にやってほしいのだ。

ラトは実優の真剣な表情を見て、少し溜飲《りゅういん》を下げたらしい。しかしまだ独占欲が落ち着かないのか、腕を組んで考え込む。

『よく考えると、実優のご両親に挨拶《あいさつ》をしたら、私はすぐにでもセルデアに帰らなければならないんだ。しかし逆に、ご両親に挨拶《あいさつ》する前……つまり今なら、多少の融通は利くんじゃないか？』

『いや、無理に決まっている。今回の来日も多忙なスケジュールの隙間を無理矢理ねじ込んだんだ。帰ったら山のように仕事が待ち構えているぞ』

『今日はどうしてか車の調子が悪い気がする。ハシムの運転が雑だからだろうな。至急メンテナンスに出そう。そして移動手段をなくした私たちは仕方なく、温泉旅館に泊まるしかない』

『聞けよ！　人の運転を雑などと言うな。何をしらじらしく旅館に泊まるなどと……って、ちょっと待て！　温泉旅館だと!?』

ハシムが非難の声を上げるも、ラトはすでにどこかに電話をかけている。間違いなく、クレジットカードのコンシェルジュサービスだ。今乗っている車を引き上げさせて、代わりの車を用意させる。ついでに手頃な温泉旅館の部屋も用意しろと言うつもりなのだ。

『待て、ラト。さすがにワガママがすぎるぞ』

『車の調子が悪いと思ったのは本当だ。普段よりも振動が強かった。そんな車に実優を乗せるわけにはいかない。大切な体だからな』

電話をしながら、ラトが真剣な顔をして言う。

本当に実優の心配をしているのか、それとも難癖つけて温泉旅館に泊まりたいだけなのか。……いや、両方だろう。

ハシムは唇を噛みしめ、ぐぐっと拳を握りしめる。本当に憎たらしい男だ。殴れるものなら殴りたい。しかし悲しいかな、ハシムにとって……いや、セルデア国民にとって、ラトは尊き存在である。だからこそ、実優には頑張ってもらいたい。その生意気な鼻をへし折ってくれてもかまわない。

そんな勝手な期待を寄せられた実優は、困った様子でハシムを見た。

彼女は今仕事がフリーであるため、ある程度時間に余裕はある。だが、ラトは大丈夫なのか？

そんな問いかけを視線で感じた。

ハシムは黙って首を横に振る。

こうと決めたら、ラトは絶対に意見を曲げない。彼はセルデア一、諦《あきら》めの悪い男なのだ。

それはまごうことなく、自分のワガママ。我ながら子供のようだと呆れながらも、ラトはワクワクする気持ちを止めることができなかった。

◆　◆　◆

そんなわけで、温泉街で一泊することになる。

コンシェルジュの手配によって迅速に手配された場所は、いわゆる高級旅館だった。

敷地の中にある離れ。広大な庭と開放感のある温泉、広々とした一軒家をすべて、ラト達が独占できる。『お忍び』であるラトに配慮して、完全なプライベート空間を用意してくれたようだ。コンシェルジュサービスのプロフェッショナルぶりが遺憾《いかん》なく発揮された結果である。

かねてから温泉に興味があったので、実優の実家に行く途中に温泉街があったのは僥倖《ぎょうこう》だった。

強引に宿泊を決めてしまったので、ハシムあたりは不満そうにしているが、切ない事情もあるので目をつむってほしい。

何せ、セルデアと日本は遠い。散歩気分で行けるような距離ではない。

実優の両親に挨拶《あいさつ》をしたら、ラトはセルデアに帰る。実優はまだ、連れてはいけない。彼女を迎えるために様々な段取りを組む必要があるし、しばらくはまた、離ればなれになってしまう。

だからこそ、少しでも彼女の傍にいたい。絆を確かめ合いたい。

そのためのワガママだった。

ハシムは建物の中や庭、露天風呂を重点的にチェックしたあと、ラトに野外の警護に専念すると言って離れから出ていった。

彼なりに気を遣ってくれたということだろう。

ラトは親友に感謝しつつ、離れの中を物珍しそうに歩いている実優に声をかけた。

「実優、庭のほうに温泉がある。見てみないか？」

「あ、はい」

ふたりで廊下を歩き、室内風呂から扉を開けて、庭に出る。

「わあ、素敵な露天風呂ですね」

実優が感嘆の声を出す。ちょっとした日本庭園になった箱庭には、大きめの石で囲んだ露天風呂がほこほこと温かそうな湯気を立てていた。

離れの居間からも庭園は見えるのだが、露天風呂の部分は見えないよう、巧妙に目隠しがされているところに旅館側の配慮を感じる。

「夕食まで時間があるし、ここでしばらくゆっくりしないか？」

「え、でも……」

実優が困った顔をして、庭園の外をチラチラ見ている。

なるほど。さすがにハシムを気にしているらしい。確かに彼がすぐ近くにいるというのに、ラトと温泉を楽しむのはいかがなものかと思っているのだろう。

だからラトは、彼女を安心させるように微笑んでみせた。

「大丈夫。実を言うとね、ハシムは気を利かせて席を外してくれたんだ」

「そ、そうなんですか？」

「どうやら、私達の今の状況を不憫に思ってくれたらしい。不器用な彼なりのお節介ということだ」

実優はハッとした顔をして、同時に切ない表情を見せた。

そう、『今』のラトと実優は、ずっと一緒というわけにはいかない。お互いの準備が整うまで、海を隔てて離ればなれになるのだ。

半年か、一年か。

ラトとしては早めに実優を迎える手筈と整えたいところだが、さすがに今日明日というわけにはいかない。

確実に言えるのは、この逢瀬が終われば、ラトはしばらく日本に行くことができなくなってしまうということだ。

実優はぎゅっと唇を引き締めた。そしてラトの袖を握る。

「すみません。今は少しだけ――ハシムさんの気遣いに、甘えたい、です」

ワガママにも似た意思を口にするのに慣れていないのだろう。実優は申し訳なさそうな、内罰的な表情をしていた。そんな彼女の頭を、ラトがぽんぽんと軽く撫でる。

「同感だよ、実優。私は今、一分、いや一秒でも長く――君に触れていたい」

それは偽りのない本音。実優が傍にいなくて耐えられない時を、それでも耐えきるために。

――今は存分に、彼女を愛したいのだ。


離れにある露天風呂はひとつではなく、内風呂と繋がった露天風呂の他にも、噴水のある露天風呂や、二階のバルコニーにも立派な露天風呂があった。

頑丈な木材で作られたバルコニー。四角い大理石で囲まれた露天風呂の天井はパーゴラで覆《おお》われており、色とりどりの花が美しく咲いていた。

ラト達は大理石の露天風呂に入ることにした。

「素敵な露天風呂ですね」

天井の花を眺めて実優が呟く。日が傾き、夕陽に照らされる実優はとても綺麗だったが、同時にラトの心臓が鷲づかみされそうな切なさと、今にも散りそうな花を思わせる儚《はかな》さがあった。

急激に寂しくなったラトは、実優の肩に触れて自分に寄せた。

物珍しい温泉を楽しむよりも、景色を楽しむよりも――

「実優、君に触れたい」

我ながら盛りのついたケモノのようだ。情緒も何もない。

場所はどこだっていいのだ。実優に触れられるなら、その唇にキスができるなら。

それこそ煉獄《れんごく》の底であろうと、幸せになれる。

ちゃぷんと湯の音がして、実優の体が揺れる。片時も彼女を離したくないと、ラトは彼女を
ぎゅっと抱き寄せて、唇を重ねた。

「――ン」

顎の角度を変えてキスをするたび、リズムを取るように湯が撥《は》ねる。

ちゃぷ、ちゃぷ。

「ん、は……」

喘ぐ実優の頬は赤く染まっていた。

潤んだ瞳。濡れた唇。その艶めいた表情を見ていると、ラトの体も体の底から熱を帯びてくる。

どうしようもない独占欲が心を締め付け、ラトの口づけは自然と執拗に、激しさを増した。

もう自分が止められない。

理性のタガなんて、とっくに外れている。

今は、今だけは、王子という立場もすべて忘れて、ただひとりの女性を愛する男でいたい。

「実優……ン」

湯に浮いた乳房をほわりと手で包み、薄紅色《うすべにいろ》の乳首をきゅっと摘まむ。

「はっ、あ」

そのまま、こよりを作るようにくりくりと乳首を擦ると、実優の体はそわそわと身をよじらせた。

「気持ちいい？」

囁くように訊ねると、蕩《とろ》けそうな顔をした実優がこくりと頷いた。

可愛くてたまらない。もっと乱れさせたくなる。情欲という酒で酔わせ、愛で溺れさせたい。

——それこそ、息もつけないくらいに。

優しいキスだけでは物足りなくなって、舌を挿し込む。ちゅくちゅくといやらしく音を鳴らして、舌と舌を絡ませ、舐め合う。

形のよい歯列を舐めて、舌裏を探り、内頬も舌で辿る。誰ひとり知らない実優の味を丹念に確かめるように、あるいは彼女が己のすべてを許すのはラトひとりなのだと自覚したくて、ラトは丹念に実優を愛撫した。

あますことなく実優を愛せるのは自分だけ。

真面目な彼女は、自分以外には決して許さない。身も、心もだ。

ぜんぶ、ぜんぶ、自分のもの。それが嬉しくてたまらない。

火照った実優の白い肌の上を、自分の指がいやらしく辿る。湯の中で踊るように触れ、やがて彼女の秘めたる部分に指を差し込んだ。

「……んっ」

ピク、と実優の体が震える。

ラトは、いつの間にか自分が酷くニヤついた笑みを浮かべていることに気がついた。

なんて低俗な表情をしているのだろう。こんな顔、誰にも見せられない。セルデアの人間が見たら途端にラトを軽蔑し、幻滅しそうだ。

でも、自分をこんなにも『ただの男』にしてくれるのは実優だけ。こんな顔は実優にしか見せないから。……彼女だけは、自分を許して欲しい。

湯の中で、ゆっくりと実優の秘裂を開く。ぴくぴくと震える実優は小動物のように可愛らしい。

「恥ずかしい？」

耳元でそっと呟くと、実優は頷いた。

でもラトは、もっと実優を辱《はずかし》めたい。いじめたくて、泣かせたい。そして自分だけにすがって、自分だけを求めて欲しい。

ラトの指は大胆に蠢《うごめ》いた。人差し指をつぷりと蜜口に挿し入れ、くなくなと動かす。同時に乳首を抓《つね》り上げ、緩く扱《しご》いた。

「はっ、は、……っ、ンンッ」

ふやけた顔で喘ぐ実優は、唐突に自分の口を手で押さえ、フルフルと首を横に振る。

まるで何かに耐えるような仕草に、ラトはピンときた。

「そうか。外だと聞こえるかもしれないから、声を出さないようにしているんだな？」

小声で訊ねると、実優は涙目を見開かせた。そしてコクコクと頷く。

玄関前には、ハシムが控えている。ラトの護衛である以上、彼はそれ以上ここから離れるわけにはいかないのだ。

ここは二階で、多少の声なら届かないだろう。だが、絶対とは限らない。

ラトは知らず「フフ」と仄暗い笑い声を立てた。

「じゃあ、気持ちいいのを我慢しないとね?」

ここで愛撫をやめるような優しさは、残念ながら持ち合わせていない。むしろ限界まで実優を追い詰めて、理性がとろける彼女を見てみたい。

実優は口を押さえたまま、泣きそうな顔をした。ああ——その顔はいい。可愛くてたまらない。

ラトは実優の膣内に収めた指をくなくなと動かす。そして乳房を掴み上げ、ちゅっと音を立てて乳首に口づけた。

「っ……あ……っ、ァ……ダメ……っ」

努めて小声で、実優がラトを非難する。だが、顔はいつになく紅潮しており、快感の果てがすぐそこまで来ているのは自明の理だった。

快感を我慢すると、その分、反動が返ってくる。実優の乳首はすっかり硬く、ツンと立っていた。

ラトは飴玉を転がすように舌で嘗め回すと、軽く甘噛みして、その硬さを愉しむ。

同時に、膣内の指で抽挿《ちゅうそう》すると、まだセックスに慣れていない実優の拙《つたな》い官能は、敏感にすべてを受け取り、快感の先へと誘《いざな》われた。

「ハッ……ア……！　ンンンッ！」

ビクビクッと実優の体が大きく震える。どうやら軽くイッたらしい。

最後まで声を我慢するなんて、本当に実優は奥ゆかしい女性だ。そして、ラトはそんな実優が大好きなのである。

「気持ち良かった？」

優しく笑顔で聞けば、何度か呼吸して息を整えた実優が軽く睨んできた。

「意地悪です……っ」

潤んだ瞳で睨まれても可愛いだけだ。ラトはゾクゾクするような快感を覚えて、はあ、と熱い息を吐く。

「すまない。でも、私ももう限界だ。私のこれも……面倒を見てくれるかい？」

脱力した実優の手を取り、自分のものを掴ませる。

確かな存在感を放つ、生々しいもの。醜悪《しゅうあく》な形でいながら、彼女を愛せる唯一のもの。

実優は茹で上がってしまいそうなほど顔を赤くさせて、コクンと小さく頷いた。

のぼせた体をひとまず拭いてから、場所を変えて、二階の個室へと移動する。

横抱きにした実優をベッドにのせて、彼女の上にのしかかった。

「ふふ、風呂上がりの実優は温かいね」

セルデアにも冬はある。寒い時は零度にまで下がる日もあるが、そんな時はいつも、湯を入れたアルミ製の容れ物に、布を巻いたものをベッドの中に入れていた。

あのぽかぽかした感じはラトの心を温かく癒やしたものだが、これからは実優がいる。

寒い日が来たら、互いに身を寄せ合って眠ればいいのだ。そんな日常を想像するだけで、ラトは幸せで心が満たされる。

あと少し、もう少し。けれども、しばらくは会えない。

寂しい気持ちに切なくなって、ラトはすがるように実優の体をかき抱いた。

「実優、私を愛しているか?」

もう何度聞いただろう。いい加減しつこいと思われているかもしれない。

それでも聞かずにはいられなかった。自分がちゃんと愛されているか、確認したくてたまらないのだ。

実優は優しく微笑み、ラトの頬に触れる。

「はい。あなたが思っている以上に――愛しています」

「本当に?　だって君は、どんな時でも丁寧な姿勢を忘れない。乱れている時でさえ――その淑《しと》やかさは変わらない。それが私には、とても……余裕があるように見えてしまうんだ」

こんな弱音、本当は吐くつもりはなかった。

もっと素敵に恰好よく。実優を常に魅了し続けたい。夢を見るように身も心も溶かしたい。

だが、本当のラトは、自分が思うよりもずっと――子供な部分があるのだろう。

狂おしいほどに愛している。余裕もなく、体裁も繕えない。そんな自分と同じくらい、愛してほしいと願ってしまう。完全にラトのワガママだ。

実優は少し驚いた顔をしたあと、ふっと目を和ませる。

「私は、あなたが想像しているよりもずっと、重い女だと思いますよ。最近自覚しました」

ラトの広い胸に頬を寄せ、彼女は目を瞑る。

「……あの時、初めてラトに愛してもらった時。私はこれが最後なのだと覚悟しました。それでももし、あなたの子を身ごもっていたら——それはなんて素敵なんだろうと、夢を見ました」

実優がラトを愛しているというのはそういうこと。

たとえ捨てられたとしても愛し続けられるから、子を成したとしても、その子供ごと愛せる。

それが実優なりの愛だった。

ラトはたまらなくなって実優を抱きしめる。

「ああ、私は——幸せものだ」

人並みの幸福など得られないと思っていた。自分は国のために生き、国を想いながら死ぬのだと。

けれども、やはりそんな生き方は寂しい。

ようやくラトは知った。実優に出会って知った。人は——ひとりでは、生きていけないという、当たり前のことを。

「君は永遠に私のものだ。その証を、今立てるよ」

柔い実優の腰を抱き、己の杭をあてがう。愛撫ですっかりほどけた蜜口はとろりとしていて、清純な実優にそんな部分があるのかと驚いてしまうほど、淫靡《いんび》に蜜がしたたっている。

それを汚らしく犯すのは他でもない、ラトだ。

自分だけが彼女を好きにできる。

もちろん期間限定ではない。死ぬまで共に生き、愛し合えるのだ。

征服感。独占欲。愛欲。様々な本能がラトの身体中にひしめき、もはや完全に余裕を失ったラトは、勢いのままに実優の中へと肉杭をねじ込んだ。

「あぁあああっ！」

その衝撃に、実優の体が跳ねる。だが、ラトは彼女を強く抱きしめながら、結合部だけを激しく抽挿《ちゅうそう》した。

ぐちゅっ、パン、じゅくっ。

互いの性器がぶつかる音。性交によるみだらな水音。

それは絶え間なく、息をつく暇もなく、ラトはケモノのように一心不乱で杭を穿《うが》つ。

「はっ、ハ、はぁ、ああっ」

ラトが己の杭を出し入れするたび、実優の体はびくびくと強く震えた。

時折唇を噛みしめて、ラトの杭のあまりの質量に耐えるそぶりを見せる。

めりめりとえぐるような抽挿《ちゅうそう》をしていてもわかるが、彼女の中はとても狭い。ラトは誰かと比べたことはないが、どうやら自分のものは実優にとって大きすぎるようだ。

だが、この包み込むような隘路《あいろ》はたまらない。

ちゅくちゅくと音を立てて、自分の先端に吸い付く実優の最奥は、あまりに甘やかだ。

抽挿《ちゅうそう》するたび、搾り取るように自分のものを締め付けてくる。

まるで離したくない、離れたくないと実優自身が訴えているように、愛らしくもいやらしく、ラト自身にまとわりつく。

ああ、と、ラトは目を瞑った。

実優の清らかだったところを、自分のもので蹂躙《じゅうりん》する悦び。自分の形にぴったりと合わさるように作り上げていくその過程は、どんな美酒にも勝る味わいを持っていた。

「先が、思い――やられるな……」

強く、先端を最奥に突き上げ、ぐりぐりと付け根を擦りつけ、ラトは呟く。

間違いない。自分は堕ちている。実優という優しい彼女の坩堝《るつぼ》に堕ちている。だが、不安はまったくなかった。

なぜなら、実優は真面目だから。

自堕落になろうとするラトを、真面目な実優は絶対に許さないから。

ゆえにラトは、心ゆくまま実優を愛することができるのだ。

「結婚したら、本当にもう――孕むまで毎日ヤる。覚悟しておくように！」

そんな宣戦布告のような言葉を口にして、ラトは存分に実優を味わったあと、己の胤《たね》を彼女の子宮めがけて放ったのだった。

◆ ◆ ◆

夕食の時間まで温泉を満喫したいとラトが言っていたから、今頃は実優とふたり、仲良く温泉に浸かっていることだろう。

離れの部屋は、今ハシムがいる場所から離れているし、存分に愛を育んだらいい。

多少、いや、だいぶ、居たたまれない気分ではあるが、自分は遊びに来ているわけではないのだ。寝ずの番をするくらいには鍛錬しているし、あたりの安全を確かめてから、夜中にゆっくり温泉を楽しませてもらおう。

ハシムがそんな段取りを考えながら離れの玄関前で佇んでいると、カチャリとドアが開いた。

『ハシムさん、ここにいたんですか』

屋内から顔を出したのは実優だ。心なしか頬が紅潮し、ほわほわと湯気が立っている。温泉で充分体を癒《い》やしたようで、彼女は浴衣姿に変わっていた。

『私とラトはお風呂を上がったので、ハシムさんも夕飯前に是非、温泉に浸かってきてください』

英語で話しかける実優に、ハシムは軽く微笑む。

早くも段取りが狂ってしまった。ラトはもっと実優と二人きりでいたいだろうに、実優はハシムを放っておくことはできなかったのだ。

——優しい人だな。

ハシムは心からそう思いながら『いいえ』と答えた。

『俺は夜にゆっくり入らせてもらうから気遣いは結構だ。ラトとふたりで存分に語り合うといい。さすがに俺が同席するのは野暮だから、中に入るのは遠慮しておこう』

それはハシムなりの気遣いだったが、実優は表情を曇らせる。

『ラトも、ハシムは仕事だから気にするなって言いました。でも、私はやっぱり気にします。二人きりで語り合うのも大切なことだと思いますが、せっかく三人で来ているのですから、三人で楽しみたいです。わ、私のほうはもう充分、二人ですごさせて頂きましたから』

顔を赤らめて言う実優を見て、ハシムは驚く。

(まったく。こういう人だとわかっているのにな)

産まれ育った国が違うからだろうか。

ハシムはラトを守り、尽くすのが使命だ。彼が国を守るために立ち上がった時、ハシムは自分の命をラトに捧げる決意をした。

そしてラトはそのことを誰よりも理解している。ハシムを労い、感謝し、そして自分を守る者として扱っている。

従兄弟《いとこ》であり親友であることに違いはない。だが、それ以前にハシムとラトは、民と王子なのだ。その身分の一線を越えることは、これからもない。

しかし実優はその一線をあっさり越えてしまう。そうであることが当然のようにハシムの手を取り、ラトの手も取る。

この日本という国は、本当に身分の感覚がないのだろう。だからこそ実優はこんなにも自然に、誰であろうと優しくできるのだ。

(ああ、彼女が来てくれるなら、きっとセルデアもいい国になる)

ハシムは、ほんわりと胸に温かいものを感じた。

ラトが無事に王位を継げるように、セルデアの平和を守り続けよう。自分はそのために、軍属となったのだから。

今まではラトひとりを守っていたけれど、もうひとり、守りたい大切な人ができた。

そのことを、ハシムはとても嬉しく思う。

だが、どこか優しくて温かい雰囲気の中、ひとりだけ、すさまじい負のオーラを醸《かも》し出す存在がいた。

意外でも何でもなく、ラトである。

『ハシム君。どうしてそんな目で私の実優を見つめているのだろうか』

『君付けするな。不気味だ』

「実優。昼頃に言った私の言葉を、よもや忘れてはいないだろうね？」

「も、もちろん忘れていませんよ。でもラト、さすがにハシムさんだけを離れの外に待機させるのは嫌です」

まったく笑っていないラトの目に少し怖気づいたものの、実優ははっきり意見を口にした。

「私だって、しばらくラトと離ればなれになるのは寂しいです。でも、だからといって、ここで二人きりの時間ばかりを優先したら、きっとこの『旅行』は楽しい思い出になりません」

それは嫌だと、実優は言う。

最初から二人きりだったのなら良い。でも三人で来たのなら、三人でも満喫したい。

実優はラトとハシムを平等に見ていた。片方は国を継ぐ王子であるというのに、まったくラトを特別扱いしない。

もし、ここにいるのがラムジであったなら、そんな実優の態度に激高しただろう。

だが、ラトは、しばらく実優を見つめたあと、軽く息を吐いた。

「これは難関だね。私はすごい人を恋人にしてしまったようだ」

「す、すごいって、どういうことですか？」

実優が首を傾げると、ラトは少し悔しそうに唇を尖《とが》らせる。

「私のお姫様はまったく私の言うことを聞いてくれない。セルデアに連れ帰ったら、早速私の部屋に隠してしまおうと思っているんだよ。この様子では、素直に閉じ込めさせてはくれないだろうが」

ラトがいじけたようにそっぽを向く。

『お前は、やっぱりそんな魂胆だったのか！』

「なんということを企んでいたんですかっ!?」

ハシムと実優の突っ込みがハモる。

ラトはますます面白くない顔をした。

『これはいよいよ覚悟をしなくてはならないということか。どうやら、実優を完全に私だけのものにするのに、意外な強敵が立ちはだかったようだ。まずはハシム、お前を再起不能にする必要があるな』

『なぜそうなる！　前から思っていたがラト、お前、実優のことになると知能が十ほど下がっていないか？』

『実優は私のものなのに、実優がハシムに優しくする。実優の優しさは私だけで独占したいのに、実優がぜんぜん言うことを聞いてくれない。この温泉旅行だって、もっと実優といちゃいちゃしたいのに、実優はハシムを気遣ってばかりだ。私はこんなにも実優を愛しているというのに何が足りないんだろう。やはりハシムを倒すしかないじゃないか』

『だから、なぜそうなるんだ……』

ハシムは頭を抱えた。本当に冗談でもなんでもなく、実優のことになると、ラトの精神年齢は一気にハイティーンにまで戻ってしまうようだ。

ラトはとにかくハシムに嫉妬《しっと》しているし、実優はそんなことはお構いなしにハシムを気遣ってい
る。どうすればいいのだとハシムが困り果てた時、実優がラトの袖《そで》を引いた。

「私、ラトを愛していますよ。さっきのでは……、足りませんか？」

その言葉に、ラトは「うぐっ」と呻《うめ》いた。

実優は視線をそらすことなく、真剣に、まっすぐにラトの瞳を見つめている。

「ハシムさんに気を遣うのは当然です。でも、私がハシムさんに心を傾けることは絶対にありませ
ん。だって私の心は、ラトのものだからです」

はっきりと決意を口にする。

そう――実優はちゃんと覚悟しているのだ。

一国の王太子の婚約者になるというのが、どういうことかを理解している。

彼女は、夢を見るだけのシンデレラではない。

芯のある意思と誠実さを持った、ラトを愛する女性なのだ。

ラトはエメラルドの瞳を丸くして、ぽかんと口を開く。

やがて目を伏せると、軽く片手で顔を覆《おお》った。

「……本当に、かなわないな」

君を好きになってよかったと、その瞳が物語っている。

この国で実優に出会えたこと。それはラトにとって奇跡だった。
彼女でなければ、ラトは恋を知ることはなかったのだから。
「わかったよ。でも、ひとつだけお願いしたい。――夜は、君を独占させてほしい」
それは切ないほどの、ラトの気持ち。
言葉だけでは足りない。身も心も溶け合うほど愛し合いたいのだ。
実優はその言葉に顔を赤らめると、恥《は》ずかしそうに俯《うつむ》く。
「……も、もちろん、です」
実優らしい返事に、ラトはようやく機嫌を直して満面の笑みになった。
そしてハシムはといえば――
(やっぱり、先にセルデアに帰りたい……)
熱々な恋人同士のやりとりに当てられて、人知れずため息をついたのだった。

～大人のための恋愛小説レーベル～

ETERNITY
エタニティブックス

逆転ラブ・マッチの結末は？
はにとらマリッジ

エタニティブックス・赤

桔梗楓《ききょうかえで》

装丁イラスト／虎井シグマ

実家の町工場で働く、仕事一筋の美沙《みさ》。けれどある日、実家が倒産のピンチを迎える！　それを救うべく、とある企業の御曹司・誠《まこと》から機密情報を入手し、取り引き先に提供することになったのだけれど……恋愛初心者が仕掛けるハニートラップ作戦は大迷走。そんな中、意外にも誠は美沙を気に入ったらしく、オトナな極甘アプローチで迫ってきて——？

※エタニティブックスは大人の女性のための恋愛小説レーベルです。ロゴマークの色で性描写の有無を判断することができます（赤・一定以上の性描写あり、ロゼ・性描写あり、白・性描写なし）。

詳しくは公式サイトにてご確認ください。
http://www.eternity-books.com/

携帯サイトはこちらから！

この作品に対する皆様のご意見・ご感想をお待ちしております。

おハガキ・お手紙は以下の宛先にお送りください。

【宛先】

〒150-6005 東京都渋谷区恵比寿4-20-3 恵比寿ガーデンプレイスタワー5F
（株）アルファポリス　書籍感想係

メールフォームでのご意見・ご感想は右のＱＲコードから、
あるいは以下のワードで検索をかけてください。

アルファポリス　書籍の感想　検索

ご感想はこちらから

極《ごく》秘《ひ》溺愛《できあい》

桔梗 楓（ききょう かえで）

2020年 1月 31日初版発行

編集－斉藤麻貴・宮田可南子
編集長－太田鉄平
発行者－梶本雄介
発行所－株式会社アルファポリス
〒150-6005 東京都渋谷区恵比寿4-20-3 恵比寿ガーデンプレイスタワー5F
TEL 03-6277-1601（営業） 03-6277-1602（編集）
URL https://www.alphapolis.co.jp/
発売元－株式会社星雲社
〒112-0005 東京都文京区水道1-3-30
TEL 03-3868-3275
装丁イラスト－北沢きょう
装丁デザイン－ansyyqdesign
印刷－図書印刷株式会社

価格はカバーに表示されてあります。

落丁乱丁の場合はアルファポリスまでご連絡ください。

送料は小社負担でお取り替えします。


ISBN978-4-434-27008-6 C0093